读者丛书

DUZHE CONGSHU

中华传统美德读本

# 被你温暖的岁月

读者丛书编辑组／编

读者出版传媒股份有限公司

甘肃人民出版社

甘肃·兰州

**图书在版编目（ＣＩＰ）数据**

被你温暖的岁月 / 读者丛书编辑组编. -- 兰州 ：
甘肃人民出版社，2023.11
ISBN 978-7-226-05954-8

Ⅰ. ①被… Ⅱ. ①读… Ⅲ. ①散文集－中国－当代
Ⅳ. ①I267

中国国家版本馆CIP数据核字(2023)第108148号

出 版 人：梁朝阳
总 策 划：梁朝阳　马永强　李树军
项目统筹：宁　恢　原彦平
策划编辑：高茂林
责任编辑：李青立
封面设计：裴媛媛

**被你温暖的岁月**

读者丛书编辑组　编

甘肃人民出版社出版发行

（730030　兰州市读者大道 568 号）

北京温林源印刷有限公司印刷

开本 710 毫米×1000 毫米　1/16　印张 15.5　插页 2　字数 200 千
2023 年 11 月第 1 版　　2023 年 11 月第 1 次印刷
印数：1~5 000

ISBN 978－7－226－05954－8　　定价：39.00 元

# 目 录
CONTENTS

# 充盈强大的爱力

张 炜

　　一个人如果没有爱力，如何融入自然，又如何保持不绝的深情？这样的人对世界必定是麻木无感的，也无所谓责任。这样的人只能是一个虚假的入世者，一个为口腹之欲奔波的人。勇气也源于爱，这种爱是广泛而具体的，弥漫和渗透于一切方面。爱与深刻的好奇有关，但也有所不同。爱是沉浸和迷恋，也是强大欲念的推动，不过它是良性的，与贪婪和攫取有天壤之别。这种欲望只拥有而不攫取，是生理、心理、精神这三重境界的结合，天性如此，后天难以改变和弥补。这种爱力可以经受无数关口磨砺而不会虚脱和变质，在一些具体而微小的表达中如数显现，深入而不虚浮，务实而不超然。这种爱力作用于官场、友人及爱人之中，全都一样深沉。其实这不过是仁心的一种，是强大生命力的一次次表达。所以古往今来，有大作为者都有强大的爱力在内部支持，这是一种广泛而深入的、持久的、绵绵不绝的能量。冷漠便常常是缺乏爱力的表征，没有热情，没有怜悯，连哀伤都是渺小的。

我们看到一个人欣欣而来，两眼明亮，这个人就是苏东坡。他对人对事有无限的兴趣、无尽的探究心，他想安慰所有的人，自己也不愿寂寥。他知道孤独意味着什么，除非在特殊的时刻，他不愿孤身一人。记忆中的爱与被爱太多了，它们就在此刻、在昨天。近在咫尺的是一朵花、一条溪，是雨中牡丹、月下海棠，是南堂新瓦、东坞荷香，是无数活泼有趣的生命。他想抚摸它们、拥有它们，也想为对方付出一切。我们常常感到不解的是，这个人的精力为何如此充沛？热情为何如此盛大？他在不停地吟唱、记录和赠予。他偕同许多人一起忙碌，又一个人入迷地打造；他即便在病痛时，也设法以玩笑来化解，以幽默来宽慰他人。西方哲人所说的"我思故我在"，在苏东坡这里可以改为"我爱故我在"。他的爱无处不在，既广大弥漫，又具体实在，有异性，有同伴，有草木砖石，有诗画音乐，一切事物皆可看出美好，皆可引以为用。

他愿意在一切可能的地方施以援手，也愿意在许多时候倾心尽力。他实在是一个千古罕见的情种。但他不是一个狭隘俗腻的风流人士，不是一个寻觅尤物的贪婪猎手，而是一个依恋万物、享受万物，并愿意为之陶醉和付出的人。

（摘自《读者》2022 年第 2 期）

# 都是为了你？

吴淡如

　　每个人小时候都会立下宏伟的志向，比如当老师、飞行员、白衣天使、医生……雅卿不一样，她第一次写《我的志愿》时，就立志当一名家庭主妇，她要做个好母亲。

　　她不要像自己的母亲那样。强悍的母亲和怯懦的父亲堪称最佳搭档，如果不是母亲早出晚归地做生意，他们连温饱都成问题。她的父亲是个一辈子失意的公务员，母亲对父亲的无能，当然是怨言如潮水，日日潮起潮落。

　　由于母亲太忙，难免疏忽了对雅卿姐妹的照顾。对她们的功课，母亲更是无暇关心，但如果考试成绩让母亲不满意，母亲总会说："我怎么会生出你这种女儿？老天真没眼。"然后，甩她两巴掌。

　　"我是为你好！"最后，母亲总会补上这句话。

雅卿的母亲甚至忘记女儿会有青春期。第一次月事来潮，雅卿躲在浴室里害怕得大哭，妹妹雅伦跑去告诉隔壁刘妈妈："姐姐快要死了。"

母亲的疏忽使雅卿的成长过程充满黑色笑话。对雅卿而言，大学一毕业，马上嫁给现在的先生，当了全职家庭主妇，是她理想的实现。

不少大学同窗还是单身，雅卿的大女儿思敏已经上小学五年级了。虽然不少同学经过多年奋斗，已经挂上响当当的头衔，几乎只有她从无就业经验，但雅卿一点儿也不后悔。她全心全意经营的温暖的家庭，就是她成功的果实；她努力参与社区活动，也赢得邻居主妇们的一致推崇；当义工也是她人生成就感的来源。

她以为自己做得很好，直到这天接到一封信封上盖着"退回原址"的信。信上的字全是思敏的笔迹，雅卿一时好奇，马上把信拆开读了。信是思敏写的。

徐志朋：

我想做的不只是朋友。我再也没有办法控置自己，再不向你表白，我会疯狂的。

自从那天小咪介绍你跟我认识，你的影子就天天浮现在我的恼海……

雅卿不自觉地拿起身边的签字笔，在"置"旁边打叉，写上"制"字，又把"恼"改成"脑"。然后，她又批了一行字："你还没到谈恋爱的年纪。"她直接把信还给女儿，并没有考虑会不会伤了思敏的自尊心。

思敏大发雷霆："你怎么可以拆我的信？"

雅卿强辩："我不拆开，怎么知道是谁写的？"

"你难道不认识我的字？你侵犯我的隐私权！"娇生惯养的长女，对母亲发出前所未有的咆哮和抗议。

"我是为你好！"雅卿拿出当妈妈的权威来，"小小年纪就写情书，像什么样！"

母女俩吵了几句，思敏气呼呼地回到房里。过了十分钟，思敏背了个大袋子，当着雅卿的面出门去了。

"你去哪里？待会儿就要吃晚饭了。"

"我不吃！"思敏以看仇人的眼光瞪着她，"你是坏人！我再也不要吃你煮的菜！"说完，便冲出门去。雅卿对女儿的任性万分恼火，明明担心，两只脚却像柱子一样钉在地面，只剩嘴巴不自主地开启："我怎么会生出你这种女儿！老天真没眼！"

思敏已不见人影，雅卿呆立原地，刚刚的话语犹在自己的耳畔回响。好熟悉的腔调——这不是母亲最常抱怨的话吗？

她正在发呆时，先生回来了。雅卿要先生出去找人，先生问明缘由后却先怪她："情书被退回来，孩子已经够难过了，你还这么多事！"

"我是为她好！"她又脱口而出。这句话如此熟悉，令她内心一惊——又是母亲的话！

先生看她脸色发白，不敢多说："你休息一下，我去找人，不会走远的！"

记忆的胶卷在她脑海中播放。她想，难道她解不开命运的毒咒，仍然跟她的母亲一模一样？

饭菜早就冷了，先生还没回来。妹妹雅伦先打了电话来："姐，你不用担心，思敏在我家吃饭。你真是……唉，不晓得该不该对你说……"

"你说！"听闻自己的女儿安全无恙，雅卿的闷气已经解了大半。"姐，不是我说你，你跟妈一模一样，总觉得自己是对的。"

"不、不、不，不一样！"雅卿说，"妈从不照顾我，而我全心全意顾着她；妈只忙外头，我可是百分之百奉献给我的家！"

"你当然是个好母亲！"雅伦以婉转的口气打断她的话，"可是姐，你实在不够善解人意！你的个性太强，难以和女儿亲近，和妈殊途同归！"

雅卿老大不高兴："你倒说说我哪里不对。"

"你女儿在生理上已经进入青春期了，你知不知道？"

"什么？你是指……她才五年级呢！"

"现在孩子发育得快，上个月你女儿从学校打电话给我，说她的身体发生了奇怪的事，她不知道该怎么办。我一听就明白了，赶紧给她送去卫生棉。"雅伦说，"我以为她回家就会告诉你……"

思敏竟然一点儿口风不漏。雅卿茫然地问："我每天都在家，她为什么不叫我送？"

"你呀……思敏曾经告诉我，你做什么事都大大咧咧的，非得敲锣打鼓让大家知道才甘心。她怕你这个有名的义工妈妈将她的事大肆宣扬，那她会觉得很尴尬……"

"我会这样吗？"

"怎么不会？每次思敏哪一科考不好，你就会跑到学校和她的老师沟通。思敏说，每个老师都知道她妈妈不是省油的灯，一来学校，就是一副赤手空拳、伸张正义的模样！"

雅卿苦着脸，哭笑不得。她不想和自己的妈妈一样，却仍然做了个失败的母亲。原来，选择一条完全不同的路，还是可能会有相同的结局。

"你别难过，亡羊补牢还来得及，思敏要跟你说话。"

"妈，"思敏的声音细如苍蝇振翅，"妈，对不起，我收回我的话。"

思敏说过什么，雅卿已经忘了。歉意在她的胸口堆积，许久她才问出一句："吃饭没？"

"在阿姨家吃过了，"思敏说，"妈，其实我还是比较喜欢吃你煮的菜。

我不该说我再也不吃你煮的菜……"

"没关系,"女儿的安慰,使雅卿两颊挂满泪水,"是……是我……该说……对不起!"

她忽然想到自己嫁人时母亲和她之间的风波。母亲说:"一念完大学就嫁人,没出息!"她不假思索地回了一句:"我就是不想像你一样有出息!只要我老公有出息就好了!"这句话,应该深深刺伤了母亲的心吧!

温柔懂事的思敏先向自己说抱歉,化解了一场母女危机。但倔强的自己,何曾向母亲道过歉呢?和她一样倔强的母亲,也永远失去了跟女儿道歉的机会,遗憾而终。

天下的妈妈都以为自己的付出是为孩子好,但孩子究竟能接受多少?这样的代沟一直都存在吧!雅卿向女儿说出"对不起"的同时,觉得墙上照片中的母亲仿佛也露出了一抹微笑。

(摘自《读者》2018 年第 10 期)

# 较真儿

焦 波

爹脾气倔，加上当了一辈子木匠，干啥都较真儿。

小时候，常听爹背诵他小时候学过的课文。有一篇写长城的，其中有两句："山海关前多景致，八达岭上好风光。"我问爹"八达岭"是啥，他说是一座山岭，在北京。"离天安门多远？"我问。爹答不上来。过了几天，他告诉我，八达岭在北京西北边，离天安门有 140 里路。为这事，他专门去问了刚从北京回来的邻居四哥。

爹常挂在嘴边的口头语是："丁是丁，卯是卯，木匠手中的尺子是'规矩'，差一分一厘，就是胡来。"1959 年，邻村的李木匠到北京建人民大会堂回来，爹到他家打听人民大会堂的规模，知道了人民大会堂柱子的直径是 1.5 米。

他又问："天安门门洞有多长？"

李木匠说:"30来米吧。"

"到底三十几米?"爹又问。

"你管那么多干吗!难道你还要建一座天安门?"爹的较真儿碰了壁。

1996年深秋,我把爹娘接到北京游览,爹总算有机会对关心的事较真儿了。

爹娘晚9点到北京,第二天就去逛颐和园。

我们从朝阳门出了地铁站。上了车,爹告诉娘,出地铁站的台阶是96级。这是他一步一步数过的。

第二天,爹娘在毛主席纪念堂瞻仰过毛主席遗容后,就去了天安门。爹一个一个地数城门上的门钉,又量了量门的宽度和厚度,然后开始用拐杖一下一下量天安门城楼的门洞长度。他一边量,一边报数。游人看见一个老头子在量天安门,觉得好奇,便聚拢过来看,许多人还帮爹报数。

爹:"1、2、3……"

游人们喊:"4、5、6……"

量完了,爹满意地说:"43米长,我终于弄明白了!回去谁要再乱说,我就告诉他,我亲自量过!"

在故宫太和殿前,爹娘合抱殿前的大柱子,看究竟有多粗。第三天游览长城时,他又用步量两个烽火台之间的距离,用手量长城砖的长宽厚度。当了一辈子木匠的爹,手指、胳膊、拐杖甚至眼睛都能量出精确的尺度。

爹较真儿的事,在第六天达到高潮。要离京回山东了,在招待所柜台结账时,爹说应该多交5块钱,服务员和值班经理不解。

爹说:"我不小心把一个茶杯碰到地上了,虽说没打破,茶杯却裂了一条缝,说不定哪天就要破。我看过住房须知,杯子标价5元,所以要照价赔偿。"

值班经理听老人这么一说，十分感动："老人家，就别赔了！有您这句话就行了！"

爹说："招待所的'须知'就是'规矩'，这就像俺当木匠用的尺子一样，无规矩，不成方圆，俺一辈子都认这个死理。"

值班经理竖起大拇指，用地道的北京话说："老人家，您真较真儿啊！"

出了门，娘用"挖苦"的口气笑着对爹说："没想到你小气了一辈子，今天倒大方了。"

爹急了，吼起来："那是在家，这是在哪儿？咱丢人不能丢在北京！"

（摘自《读者》2022 年第 4 期）

# 体谅你的不正确

闫 红

　　我读到高二时，不想再读下去，自作主张退了学，一心要成为一个写作者。难得的是我爸也支持，只是他觉得即便当作家，也需要进一步学习，于是到处帮我打听哪里有作家班可以读。

　　那年 11 月中旬，我们听闻复旦大学有个作家班。此时学期已经过了大半，仍要交整个学期的学费和住宿费，连中间人都觉得不划算。但我爸认为，孩子的成长期不可蹉跎，他第二天就带我启程，汽车、火车，坐了一天一夜，终于抵达邯郸路上的复旦大学。

　　我爸先带我去办理入学手续，交了厚厚一沓现金。我稍感不安，因为当时大学还没有扩招，国家有补贴，我是少见的自费生。手续办完，我们去宿舍，路过对外营业的国年路上的教工餐厅，我们打算就在这里吃午饭。

放下大包小包，我们四处打量，脸上是外乡人显而易见的好奇。这时，我看到一个女孩子走进来，她是逆着光走进来的，一进来，整个餐厅都被照亮了。

她身材高挑，打扮得很时髦，最醒目的是脚上的那双靴子，麂皮的，很精巧，钉着漂亮的流苏，跟她白色长毛衣上的流苏呼应。时值深秋，我穿着薄袄，她却穿着一条咖啡色的厚呢短裤，两条长腿极具视觉侵犯性地露在外面。

我立即有了某种压迫感，是初来乍到的恓惶，还有对未来的迷茫，我开始怀疑自己的选择——外面的世界很精彩，但外面的世界，我不见得能适应。

我爸把我安顿好就回去了。他仅留了几十块钱在身上，剩下的都给了我（之前已买过回程票）。

我休息了一会儿，就去室友推荐的五角场，那里有很多小店，卖衣服的、卖鞋子的，有贵的、有便宜的，让人眼花缭乱。我几乎是手忙脚乱地买了一双靴子，人造革的，穿在脚上不舒服，但样子不错，尖圆头，鞋跟很高，鞋边有一圈同色的铆线——那是浓墨重彩的时髦，我太着急想要抓住"时髦"了。

之后的很多天，我都在为这个选择付出代价。那双鞋子如暗处的酷刑，磨脚、不透气，偏偏教室离我住的南区宿舍又特别远，我走起路来总是深一脚浅一脚，像小人鱼一步步走在刀刃上。只是人家小人鱼是为了爱情，我是为了什么？虚荣吗？

上海下了第一场雪后，我的脚更是遭了殃。鞋子开胶，我买了胶水粘上，还是有潮气渗进来，便生出冻疮；夜晚坐在南区的自修室里读书，脚像一块冰冷的石头，回寝室后焐很久也焐不热。

尽管如此，我也不想买第二双鞋。我爸是工薪阶层，在小城挣钱，给我在上海花，非常不易。我的学费和生活费几乎花掉了他的全部工资，再一双接一双地买鞋子，我着实于心不忍。

再说，我放弃高考要当个作家，我和我的家人付出那么大代价，我应该做的不是心无旁骛地学习吗？怎么能在穿着打扮上花那么多心思？上海的冬天虽然寒湿，但忍一忍也就过去了。

然而，就在那个冬天最冷的一天，我收到我爸寄来的包裹，打开来，竟然是一双短靴。柔和的光泽，证明它是真正的牛皮，里面还有一层羊毛。不算高的方跟，朴拙里带点稚气，经典大方，倒衬出我脚上鞋子的廉价。我完全不明白，我那土土的老爸，怎么突然有了这样的好眼光！

我爸是一个完全没有审美可言的人，他说这叫"泥人不改土性"。有次他认为我妈太不爱给我打扮，索性跑到街上给我买了两件衣服，居然都是男装，我妈气得跟他吵了一架。

这一次，他是咨询了女同事，还是请教了鞋店的老板娘？后来我想，更有可能的是，他在店里选了最贵的一双。

那双鞋子温暖了我整个冬天。依然是在深夜的自修室里，当我的脚被温暖包裹，脚趾隔着袜子也能感觉到羊毛柔软的触感时，我那么深切地感觉到，自己被深深爱着。

寒假回家，奶奶跟我说，我爸那天一到家就感叹，上海的女孩子长得漂亮，穿得也漂亮。我奶奶就说："我孙女长得不比人家差，就是穿得不如人家。"

我爸一向不爱对别人评头论足，他跟我奶奶说这些，一定是入了心吧。"然后，他就去鞋店买了最贵的一双鞋给我，是吗？""是的。"衣服鞋子都是身外之物，圣贤不会在意这些。可是，真爱一个人，就会体谅对方不够强大、不够正确的那些地方。

记得我弟上初中时有一帮小兄弟，他就像那个"及时雨"宋江，出手大方，零花钱都用来请大家吃冰棒、吃烧饼了。

问题是我们家也没矿啊，可我爸不说有求必应，起码是大力支持。我跟我爸抱怨，我爸说："你弟学习成绩不好，现在各方面都不突出，很容易自卑。但他有个优点是慷慨，这也是能帮他成事的。我没有万贯家财给你们，但现在可以给你们一个宽松点的环境。"

被我爸言中，当初看上去很不突出的我弟，现在做影楼培训，手下有上百名员工、几百家加盟店。他说他一路发展过来，就靠着慷慨和厚道。

我爸因此被旧同事奉为育儿楷模，当年他们看尽我们各种精致的淘气，没想到如今我们还都能成为不给社会添麻烦的人。你看，爱就有这么神奇的力量，能让人无师自通地变成教育天才。

（摘自《读者》2020 年第 8 期）

# 梨木妆台

陆 苏

我很小的时候就想着要出嫁。

想出嫁不为别的，我一心想要奶奶答应给的嫁妆——一张很老很老的梨木妆台。

那是奶奶当年的陪嫁。据说，奶奶的嫁妆摆了足足三里地，爷爷家腾出了三进院子还放不下。"辗转至今，就只剩了这一个梨木妆台和满堂子孙。"说这话时，奶奶脸上并无惋惜之情。

梨木妆台周身镂刻着吉祥喜庆的图案，仿佛所有的好日子都在那上头过着。妆台的正面隐藏着许多带暗格的小抽屉，有的曾藏过一对羊脂白玉镯子或一把象牙梳子，有的曾埋伏过一个女人的家底，有的看过红颜脂粉，有的见过女红的道具和手艺，有的见过一方祖传的砚和几支未沾过墨的上好毛笔……

这大约是奶奶最钟爱的嫁妆，她把它放在卧房内，每天都要和它亲近几回。想来那时的镜子定和奶奶一样有着春月般的面容，几十年的世事就在它面前变幻。

我喜欢极了妆台上古意盎然的鬼斧神工，还有那些可锁很多光阴的抽屉。

我一心向往着，什么时候留得一头齐腰长发，然后在一个清闲的早晨，在妆台前端坐；在长长的发辫上，重温奶奶溜光水滑的窈窕岁月。

淡扫蛾眉，樱桃小口，粉饰一脸张狂为婉约娴静，穿上奶奶那箱底的秋香绿旗袍——我那错过了旗袍时代的美人肩呵，定激动得如鞭炮声中的新嫁娘。然后等着所等的人推门进来，回眸，倾倒一人之城，足矣。

想了好多年，妆台仍在奶奶的房里枯等。

曾放满首饰的抽屉，如今住满了奶奶儿孙们的照片。梨木妆台好像一个大家族的老宅院，古朴而祥和。无论我们离家多远，都忍不住要常常想念旧瓦上的青苔和滴水如歌的屋檐。

在窗纸上点一个小孔，或虚掩一条门缝，鲜活的家史就款款而来。

依着妆台，依着奶奶的呵护和爱怜，我遥念嫁期。

（摘自《读者》2016 年第 21 期）

# 海底针

尤 今

　　熟透了的夕阳，像一个圆而大的橘子，盈盈地坐在满天的云彩里。高高瘦瘦的椰子树，意兴阑珊地立在波涛翻涌的海边，青绿的叶子被夕阳柔婉的金光轻轻地笼罩着，有一种令人目眩的瑰丽。

　　正是游人归家时，一望无尽的沙滩，清冷寂寥。结伴同游的二十余人都已上岸，各自整理自己的行装，准备回家去。我收拾好东西，正想走向停在不远处的汽车，忽然发现初识不久的那位男士，还蹲在沙滩上，捡拾地上的废纸、空罐、瓶子，将它们放进一只纸箱，再倒入垃圾桶。没人帮他，他只是默默地做着这一切。来回几趟，把沙滩上友伴在野餐时留下的杂物都清理好，他才返回众人处。

　　无意中把这一幕尽收眼底的我，心里有一根弦，被温柔地拨动了。

　　这人后来成了我的丈夫。他从来不喊任何有关"环保"的口号，但是，他积极地保护着他赖以生存的环境。同样，他从不把妻子挂在口头上，可是，他真诚地对待他的妻子。

他的真诚，是我们俩婚姻的强力胶。

我爱写作、阅读，时间都填进稿纸、嵌入书籍，整间屋子都晃动着文字的影子。万户灯火亮，该是"饭香"飘送时，可是，我一身疲累的丈夫回家，却只闻得着一屋尝不了、触不着的"书香"，见不到满桌能够果腹、可以解馋的好饭菜。别的男人也许会呼天抢地、悔不当初，然而他呢，无怨无悔。

我爱旅行，他每年偕我天南地北地跑。繁华的都市，我们去；原始的丛林，我们也去。年年夏天出门去，冬天照样在他国。自助旅行所需要做的准备工作，惊人地烦琐，然而，他不惮其烦，一年几回详细策划；他胆大心细，又是天生的"识途之马"，所以，每每一坐上飞机，我便知道，我又可以高枕无忧地享受旅行的种种奇趣了。

我的婚姻座右铭，说起来，只有简简单单的两句话："婚前睁开两只眼，婚后闭上一双眼。"

婚前，双方睁开双眼来看，对方的优点和缺点、强势和弱势，都须细心甄别；婚后，闭紧双眼，对于种种鸡毛蒜皮的小毛病、小枝节，不要看，更不要计较。

然而，话说回来，婚姻实在不是一加一等于二那么简单的事。两个生活习惯全然不同的人，被婚姻的绳子捆住以后，便得在有限的空间里彼此适应了。

他在一所大机构里担任执行董事，还兼任好些公司的工程顾问，工作日理万机而又井井有条。可是，没有想到，他回家以后，将记事本、钢笔、眼镜、文件夹随处乱放，一放就忘。所以，"在哪里"这三个字，已变成他的口头禅，一看到我，便从嘴里溜出来："老婆，我的建筑草图在哪里？"

我上天入地、翻天覆地地替他找出来，他喜滋滋地打开来看。看不了多久，便又喊："老婆，我的电子计算器在哪里？"我又放下手头的工作，替他找。

如此这般，一日数回。有时我找烦了，便不睬他。他喊了几声，没有反应，便转过头去，茫然地问孩子："你妈妈在哪里？"

在理财方面，他很精，我很钝。所以，在结婚前，钝钝的我便钝钝地问了一个万无一失的问题："结婚以后，我的收入还是归我，好吗？"他想也不想，便点头说"好"。我打蛇随棍上，又说："你的也是我的，好吗？"

当时，婚期已定，箭在弦上、刀在颈上，他不得不点头称好。头一点，便陷入"万劫不复"的境地——一生一世，成了我"予取予求"的"活动银行"。这种情况，正好应了"糊涂人自有糊涂福"这句老话。

"糊涂夫人"还有一些别人绝对意想不到的"福气"。我的女工惊人地拙劣，连一些最基本的缝纫工作也无法应付。有一回，他嘱我替他把裤子上一颗掉了的纽扣钉回去。我手忙脚乱地穿针引线、选纽钉纽。次日，他拿起裤子，看到缠绕在纽扣上乱七八糟的线，不免大吃一惊。等穿上身，更是目瞪口呆——因为纽扣对不上扣眼儿，根本扣不进去！以后，凡是脱纽掉线，他都不敢再假手于我。有时，我衣服掉了纽扣，也厚着脸皮求他帮我缝一缝。

他一面缝，一面叹气："唉，结婚前，只需要缝补一个人的衣服；结婚后，反得缝缀两个人的衣服！"叹气归叹气，针起针落时，他还是不忘当个"卖瓜的老王"："你呀，找个像我这样的丈夫，可比海底寻针还要难！"

"是是是！"我赶快点头附和，一副千依百顺的贤良妻子相，"下辈子我要做个蛙人，潜入海底去寻你！"

星期天早晨的阳光穿透窗户，薄薄的，洒满一室。他手里那根细细的针，上上下下飞快地移动着，好像是一抹亮光在室内顽皮地跃动着。我微笑地看着、看着，心里想：嘿，有个会缝纫的丈夫，可真不赖呀！

（摘自《读者》2019 年第 6 期）

# 今天是星期天

林海音

"今天是星期天，孩子们！"在似醒还睡中，我听见他以致训辞的调门这样说道，"让你们辛苦的妈妈睡个懒觉！"跟着是孩子们的一阵哄然叫好，他连忙"嘘！嘘！"地给"镇压"下去了。

谁要说"当今之世，体贴妻子的丈夫有几个"这样的话，我第一个站出来反对。这种体贴的幸福，我深深地尝到了。我微笑地、陶醉地，含着这颗"体贴的幸福果实"，在温暖的被窝里翻了个身。当再听见他说什么"孩子们跟我到厨房来……"的时候，我已渐入幸福的梦乡。

但是这个幸福的回笼觉，还未达到理想的时间，便被一阵异味给打断了。我听到一阵喧哗，是他在说话："美美，乖，快，再去拿点儿报纸来，可别拿今天的，今天是星期天，知道吧？"

一股煤烟钻进了蚊帐。好了，我该起床了。走进厨房，我果然看到一番新景象：洗脸毛巾围在锅上，字纸篓歪在火炉旁，麦片、牛奶瓶、鸭蛋、香蕉堆在洗脸盆里！外子正给孩子们讲火的哲学呢！他说："人要忠心，火要空心。懂不懂？但是……"他一回头看见了我，"咦？怎么不睡啦？去睡你的，这儿有我！"我幸福地一笑，刚想说"也该起啦"，话未出口，他又接着说，"要不然，你先来生上这炉火再说，大概炉子有毛病，不然不会生不着的。"

孩子们用一种叹为观止的神情，看我用一小团报纸和数根竹皮把那炉火生着了以后，美美开口了："爸，火着了，做你的麦片牛奶鸭蛋香蕉饼吧！"

"麦片牛奶鸭蛋香蕉饼？是哪本食谱上的？"

"是爸爸发明的！"

那就难怪了，外子发明的东西可多着呢。这一早上就两样了，"空心火"跟"麦片牛奶鸭蛋香蕉饼"！

"好，其余的你不用管了，你等着吃现成的，我们来！"

等着吃现成的，对，我由厨房走回屋里开始收拾一地的被褥。待我把被褥收起、餐桌摆好，那边已经在叫吃早点了。

关于"麦片牛奶鸭蛋香蕉饼"，如果此时有人看见并尝到的话，他们也许会说，那实在是一种缺乏了饼的形状的饼，而且外面黑了有点苦，里面稀着有点生。但在我看来，却不是这样。当他踌躇满志地歪着头问我"怎么样"时，我点点头，并且颇为含蓄地笑了一下。这含蓄的意义是很深刻的，或者可以说，如果不是碍于孩子们在跟前，我一定会情不自禁地吻他那多髭的嘴巴，并且轻轻地告诉他："我不管人家说什么你做的饼外焦里生，我吃出来的完全是一种幸福的味道！"当然，这种味道，只有我一个人尝得出来。

他在得意之余又发话了："记住，孩子们，以后每个星期天都是妈妈休息的日子，无论什么事都不要妈妈动手，她已经辛苦了一个星期了！"最后，他做出如下决定："工作讲求效率。看，现在才十点，上午诸事已毕。现在，你们可以去找小朋友玩。十一点半前回来，我们分工合作准备午饭。"

"但是……"我是要说，碗筷还没洗呢，院子还没扫呢，菜还没买呢……不过他不容我插嘴："你放心好了！"

孩子们呼啸而去。他打了两个饱嗝，夹着一叠报纸，做"要舒服莫过倒着"的"阅报式"去了。

当我把碗筷洗净、饭桌擦净、厨房刷净、院子扫净，提着篮子去买菜时，他也看完报了。"咦，到哪儿去？"他疑惑地问。

"买菜去呀！"难道他说过要请我们下馆子的话吗？不然他不会不知道买菜是我每天运用智慧最多的一课呀！

"啊，这我倒没想到，不过我们吃简单点好了，实在用不着像平日那样四菜一汤的。比如，做一个咖喱牛肉番茄土豆来拌饭吃就很好了。像刚才我做的麦片牛奶鸭蛋香蕉饼，不就是营养丰富，而且做法简单吗？"

"也好！"我表示同意。

从菜市场归来，小鬼们已经在他的领导下挽袖撩裙做准备状了。

"来，我们分工合作，以求工作效率！"他强调早上那句话，同时转向我，"你就是缺乏这种头脑，所以工作效率较低！"

他们又把我送回屋里，要我吃现成的。我听他将工作分配得有条有理："你们三个人，你剥豆、你洗菜、你扇火，菜由我来切。"

果然大家在静静地进行工作，一点声息也没有。这状态维持了约有二十分钟，厨房里忽然传出一声："快来！"跟着是他举着手从厨房跑出来，左手的无名指被菜刀割了一道口子，鲜血淋漓。找棉花、找药水、找纱布，大家忙成一团，不过他很镇定，并嘱咐大家"不要慌"。这时，厨房里又传出一声："快来！"原来那个最镇定的美美还在扇火呢！火上是锅，锅里是油，油已经开了！我奔上前去，从切菜板上抓起血淋淋的白菜，赶忙丢在油锅里，"嚓"的一声，把美美吓跑了，却把他招来了："白菜，血，洗！"

"啊，来不及了！"我望着躺在油锅里的白菜。

在饭桌上，我指着那碗白菜，对孩子们说："吃吧，这里面有你们爸爸的心血！"

他很得意，但严肃地说："这种菜刀实在有改良的必要！"

到此时为止，星期天刚过去一半，我实在有继续说下去的必要，因为他在饭桌上又宣布下一个节目："吃完饭，我带你们出去玩，让你们的妈妈清静清静。"然后转向我，"你可以睡觉、写文章、织毛衣，随心所欲。"

不用说，吃完饭我又是一阵刷洗，他那种视若无睹的样子，就仿佛从来不知道吃饭之后尚有洗碗一事。

送走他们爷儿几个，我确有轻松之感。是的，我该睡午觉了，趁机补回早上失去的幸福之梦。刚躺下，送晚报的来了。该死，我在睡午觉，来了晚报，都市生活对于时间的观念总是模糊的。

时间是不饶人的。当我陆续又为淘粪的、送书的等等开了几次门之后，他们回来了。

"睡得好吧？"世界上最体贴的丈夫问。我很高兴地回答："睡了一大觉！若不是你们叫门，我还睡着呢！"

又经过一场脱换衣服之后，他作了本日的第三次安排："来呀，孩子们！我们该做晚饭了！"

　　"不，"我一步抢到厨房门口，双手撑着门柱拦阻着，"你们的好意，我心领了，晚饭由我一个人来做，请务必答应我这个请求！"

（摘自《读者》2018 年第 12 期）

# 两张旧地图

余光中

我去四川大学访问。演讲与座谈之余，易丹教授陪伴我们夫妇重游乐山城，去寻找我岳父的墓地。

半个世纪以来，妻子存着两张手绘的地图。地图是用当年的航空信纸画的，线条和文字都精细而清楚，应该是岳母所制。一张是乐山城区，呈三角形，围以城墙，城东是岷江南下，城南是大渡河西来，汇合于安澜门外。另一张则是墓地专图，显示岳父的墓在城西瞻峨门外的胡家山上，坐北朝南，背负小丘，面对坡下的大渡河水。

车子在师范学校的校园里左转右拐，找不到墓地，也看不到任何碑石标志。不过整个校区高高低低，都在山坡上面，坡势还颇陡斜，应该就是从前的胡家山了。一位老校工说："以前是有几座坟墓的，后来就盖了房子。"他指指坡上的几间教室，说好像就在那下面。

我们的车在教室对面的坡道旁停定，我帮妻子把带在车上的一束香点燃，插在教室墙外一排冬青的前面。我和易丹站开到一边，让妻子一人持香面壁，吊祭无坟可拜、无碑可认的亡魂。那天好像是星期天，坡上一片寂静，天色一直阴冷而灰淡，大渡河水在远处的山脚下隐隐流着。

妻子背对着我们。虽然看不到她的表情，但我强烈地感觉到，此刻在风中持香默立的不是一个65岁的坚强妇人，也不是我多年的妻子，而是一个孤苦的小女孩，牵着妈妈的手，来上爸爸的新坟——那时正当抗战，一家人远离江南，初到这陌生的川西僻乡，偏偏爸爸在仓促间舍她们而去，只留下母女二人去面对一场漫长的战争。想想看，如果珊珊姐妹在她这稚龄，而我竟突然死了，小女孩们该有多么无助，多么伤心。

易丹在旁，我强忍住泪水。妻子的背微微颤动，肩头起伏，似乎在抽搐。

易丹认为我应该过去"安慰一下师母"。我说："不用。此刻她正在父亲身边，应该让他们多聚一下，不要打断他们。其实，能痛哭一场最好。"

（摘自《读者》2017 年第 17 期）

# 饭菜凉了

曾　颖

　　一名脱口秀演员在比赛场上吐槽外婆每天催他趁热吃饭，仿佛这个世界上最恐怖的事情就是饭菜凉了，引起全场雷鸣般的掌声。台下都是与他年龄相仿的人，对这句话的认同度之高，可见一斑。

　　年轻时，我也被这句话催得很焦灼，特别是父母在左等右等反复热菜之后着急地埋怨，让我有时甚至感觉随着年龄的增长，父母的世界萎缩得只剩一张饭桌了，饭菜的冷热成为最重要甚至唯一值得关注的事情。那时候，我会怼父亲："你难道只对饭菜凉了这件事紧张吗？"

　　我们对人生的认知，是一个循序渐进的过程。有些感悟，不身临其境尝到酸甜苦辣，是无法明白的。不说生离死别、成住坏空这类大词，就是对饭菜温度这种小事，也是"事非经过不知难"的。

　　直到女儿的到来，让我也成为一个父亲。上天把她送到我身边，一向对世界漠不关心的我开始在意天气的冷暖，在意路边的小树枝或一块突起的石头，生怕磕碰到孩子，一向莽撞的我开始变得温柔。一向视厨房为畏途的我，开始学着做孩子喜欢的食品，从婴儿时的隔水臊子蛋到幼儿时的双皮奶，再到少年时的天蚕土豆和青春期的煎牛排。我无师自通，学会了做很多女儿喜欢的食物，且往往是女儿闲谈中无意提到的食物，吃饭时餐桌上一定有它的身影。这时，我恍然惊觉，这难道不正是当年父母为我做的？

　　所谓爱，也许就是你在无意中提到某一种食物，到吃饭时，它已悄悄出现在你面前。而这个过程，其实一点都不简单。

　　你见过一锅米在火上从虾眼泡开始，到逐渐生出蟹珠泡，再沸腾出一锅浮沫，然后由边沿开始安静，凝结，膨胀，最终聚成一锅洁白芳香的饭的过程吗？那一颗颗饱满晶莹的饭粒上缭绕的，是热气，是香味，是灵魂。你见过一锅排骨，在火与水的作用下，上下翻滚，与冰糖花椒共舞，与八角葱姜齐飞，与花生枸杞结伴，在油与火的煎熬里最终成为一道外酥里糯的佳肴的过程吗？送入口中，骨肉立分，吐出口时，骨头上还有一丝儿未散尽的热气，吸引着桌下守候多时的小狗。

　　温度，是一道菜的灵魂。你如果坐在一盘红烧肉面前，注视着它，由香味盛放，到暖气尽收，再到温度渐冷，透明的油色变得凝固浑浊，最后到僵硬冰冷。那是一个由欢快到平淡最终归于落寞的过程，那是一个由热切盼望到淡然直至变冷漠的过程。

　　谁说菜没有知觉？哪一段散落的感情和破败家庭的饭桌上，没有这样一道由热变冷、由期待变失落的菜肴？

　　渐老的我守在热气腾腾的饭菜前，想象着女儿大快朵颐的样子。听一位川菜大师讲，川菜很看重温度，有"一热当三鲜"之说。讲究的厨师，对菜的温度，甚至精确到计算上菜步数的地步。我是一个对食物没什么特殊讲究的人，因为对饭桌上那点热气的向往，居然当起了讲究人，学人家定时上菜，并可以精准到和妻儿回家的时间同步。当然，反复问她们回家的时间有点婆婆妈妈显得不够爷们儿，但相比于她们得到的那份暖意，我觉得很值。

（摘自《读者》2021 年第 17 期）

# 家

吴　越

如今，我们有很多机会见识别人的家。

可我们还是想回到自己曾经的家——曾住过的屋宅。我母亲与姨妈们把臂同游的一个固定路线是：先坐地铁（以前是坐公交车）再步行，到过去住的那栋沪上著名公寓，默默凝视某个转角处的窗台——那是她们曾经的家。恍若一个一分钟的仪式，与昔日顾盼于窗前的明眸少女交换一些对生活的新看法，接着便转身离开，去哈尔滨食品厂买点心，去妇女儿童商店试衣服，然后回到各自现在的家……

人人都有自己最珍爱的瞬间。我不由也想起我曾经住过的那些家：小学前，住在可以望得见长江支流的六楼上，小家阳台上开满月季花，我蹲在花旁专注地往楼下看，从犹如过江之鲫般骑着自行车下班的女性中准确地找出那一个，大喊一声："妈妈！"上小学后，搬进窗前栽种着大叶芭蕉的一楼的家，秋凉夜雨打芭蕉，躺在竹篾席上摊开手脚，贪最后一点不会令人感冒的凉意才入睡。

过了若干年，偶有机会回访。一个简单的事实是：那里不再是你的家。站在柏油马路道牙子上，抬头看六楼的家，找那个阳台，看到被人家封了起来，又发现无数高楼拔地而起，猜想在那屋子里再也听不见江声。或者是，潜入家属宅院，寻找一楼的家，敏感地发现窗框刷了别的颜色，接着房间里开了灯，影影绰绰中有人说话、走动……你醒过神来，该离开了。

一生很长，可能会有好几个家。有的虽然易主，但毕竟墙檐依旧；有的则风流云散，再也无迹可寻。国庆长假前，美女同事突然决定买高铁票回老家看一看即将被拆除的祖屋。她从小由祖父、祖母带大，赣南乡间的秀美风土，老屋庭院里的柿子树和板栗树，以及栖息在树上的鸟儿，常常以各种情形入梦来。几年前，祖父去世，而后不久，祖母去世。美女同事非常不安，她问："我以后还能回哪里去寻找往日时光？"我说："你只有多拍些照片，和自己的脑子一起努力，把记忆留得深刻些。"

最后想讲一个关于家的小故事。2007年，日本喜剧演员田村裕出了一本名为《无家可归的中学生》的小书，书打开，第一行字就是"没有家了"。时间回到1992年7月某一个炎热的傍晚，日本大阪吹田市一个13岁的男孩参加完初二第一学期的结业式回到家，发现家具被搬到家门外的走道上，父亲以旅游巴士导游介绍风景名胜式的手势对3个孩子说："正如各位所看到的，虽然十分遗憾，可是已经无法再进家门了。我知道今后将会十分辛苦，但是请各自努力继续活下去……解散！"解——散？十几年后，田村裕还是无法理解父亲怎么说得出这样的话，并且说完就"三步并作两步，不知道上哪儿去了"，扔下兄妹三人。倔强、不想给人添麻烦的小男孩，相信自己能够在家以外的地方生存下去，他带着剩下的最后一点零钱，"住"进了公园的滑滑梯里，乞讨、捡食，甚至吃草，足足撑了一个多月，才被朋友发现，接纳到朋友家中寄住。最终，三兄妹再度团聚于好心人为他们付租金的小屋，并各自闯出一片天地……这本书迄今已经卖出200多万册。

许多人由此发现了家的真谛：只要珍惜人世间相亲相聚的缘分，家是不会失去的，那些存在和已经不存在的、过去的家，最后都重叠在了今天的家里。

（摘自《读者》2018年第3期）

# 奶奶的日记本

沙耶辣

一个很偶然的机会，我在奶奶床头柜第二层抽屉里的一堆针线下，发现了她的日记本。

这是一个从菜市场地摊上买来的劣质横格本。看起来，它既是日记本，也是摘抄本。

从正面翻起，是奶奶平时从电视节目、药店里的免费杂志和我留在家里的书上抄来的，一切她觉得写得好的东西。既有《秋冬最养人的五种水果》这样的养生保健信息，也有《年纪越大越快乐》这样的"老年励志"短文，还有《孝顺儿子十劝妈》这样教人处理婆媳关系的实用文章。

但如果将本子从后往前翻，就会发现另一个世界，里面藏着一个我从未了解过的奶奶。

奶奶名叫瑞华，今年72岁，文化程度是小学毕业。几年前的某一天，奶奶突然跟我说，她要写一本自传。"奶奶的人生有什么值得写一本自传的？"这是我当时的第一反应。

和不少由家中老人带大的孩子一样，奶奶贯穿了我迄今为止的所有记忆，可以说是我生命中最重要的存在。但从小到大，在我的世界里，"奶奶"是瑞华永恒的代号。我对"奶奶"之外的她一点儿也不好奇，有时候甚至想不起她的名字。

但是在这个日记本里，她是那样鲜活。

日记本里夹着许多封永远也不会寄出去的信。一些信是写给她的独子，也就是我爸的。她在这些信中劝慰我爸别因为生意上的事忧心，责怪他一直不戒烟。信里偶尔会出现爸爸的小名："团团儿，记得你小时候咱们娘儿俩每天生活得有说有笑的，现在看你每天眉头紧皱，我真无奈！"

更多的信则是写给我的。她在我20岁生日那天给我写信，祝我生日快乐。她写道"人生最多就是5个20年"，然后就像怕来不及一般，一口气写完了她对我人生剩下4个20年的不同祝福。信的末尾，她写下对我的最终祝福："20年前的今天我欣喜，20年后的今天我欣慰。最后希望你自尊自爱，自强自立。"

看到这篇生日祝福时的我，早已过了20岁。我努力回想却怎么也想不起，20岁生日那天，我有没有给奶奶打电话。奶奶从不会主动给我打电话，她生怕打扰到我。而20岁的我，很有可能因为沉浸在生日聚会的欢乐中，连一个亲口对我说"生日快乐"的机会都没有给奶奶。

也许在那天，她期待了很久，一直在等我的来电。她坐在她的小房间里，看着天色暗淡下去，最后决定将心里酝酿许久的祝福，全部写下来。

我意识到：奶奶的精神世界已无人问津，她只能将情感全部藏进这日记本里。

日记本里更多的字句，是奶奶写给自己的。

她写下看完新闻的感想："今年是怎么了，有的人跳楼，有的人出车祸，一个一个的（地）就这样消失在了人间。"她写自己的家乡和童年，文章名字叫《我的家乡数最美》："美在每年大水后冲来许多大小石头。到了九月九成群结队的九香虫飞来藏在石缝里。熟悉的我们去搬开石头获得宝贝，回家做出来可以和海参、燕窝比美。"

她写的句子有时很朴实："家乡美得让两岸的姑娘拌嘴。能力欠缺的小伙也能娶上媳妇，至今没有一个光棍。"有时又文绉绉起来："我的故乡（有）说不尽的美，有我的青春流淌过。二十几年前无奈地离开了你，让我至今依然后悔。"

奶奶写清明节去上坟时的心情："逝去的亲人是永远的留念，一切都还像昨天一样在我脑海里浮现。"她写自己终于舍得放下母亲逝世带来的痛："由（尤）其是我母亲，直到去年我才想通了，我都要进坟墓了，又何苦这样继续折磨自己呢！"她写到自己越来越难以入睡，仿佛能感觉到生命在流逝："尝试入睡的时间比入睡的时间长，睡着了立刻就醒了，不知道身在何处，不知道自己为什么活着。"她写自己被家暴和争吵填满的婚姻："我一生都活在婚姻的残核（骸）里。"

我盯着那个写错的"骸"字，脑海中闪过许多我"选择性删除"了的片段。在我幼年时的某个傍晚，奶奶被爷爷粗暴地赶出家门，她只好牵着我的手在附近兜圈，直到夜色渐浓，冷风吹得我脸颊冰凉。奶奶只好硬着头皮敲门，低声哀求爷爷至少让我进屋。

让我看得最痛心的，是她在生日那天给自己写的信："不知道会不会有人记得，这世上来过一个姑娘，美丽聪慧、勤劳大方，可惜嫁错了人，一辈子就这么过去了。"

　　奶奶的日记本很奇妙，从前往后翻，能看见老太太瑞华；从后往前翻，能看见小姑娘瑞华。当我偷看完奶奶的日记，感觉就像一本打开许久的书终于"啪"的一声被合上了——奶奶不再仅仅是奶奶，而是一个完整的女人。可是无论我如何竭力去想象，也想象不出少女时代的奶奶，想象不出作为一个女儿、一个妻子、一个年轻妈妈的瑞华曾如何活在这个世上。

　　我所知道的那些零星的线索，比如奶奶年轻时是小镇上远近闻名的裁缝，比谁都拼；比如奶奶几乎是一个人把爸爸带大的，半夜孩子熟睡后她便抓紧时间做衣裳……由这些线索拼凑起来的奶奶，一直是坚忍、要强，甚至固执、倔强的。奶奶从未在我面前掉过眼泪，我却从这些满是错别字的书写中，看到了伤痕累累的她。

　　我已不敢再想，那些坐在坟前的黄昏，那些看完电视新闻后的早晨，那些没人记得的生日，那些觉得"生命在逝去"的深夜，奶奶唯一可依靠的，竟只有这本劣质发黄的日记本。

　　有一次回家，我发现奶奶的床边立着一张塑封好的照片，照片上的年轻女人穿着旗袍站在花园中。而这个身材曼妙的姑娘却有着一张满是皱纹、眼睛浑浊的老太太的脸。原来，奶奶花了50块钱，在菜市场的某个路边摊上，让人用电脑软件把她的头像拼接到了穿旗袍的姑娘身上。拙劣的拼接技术，让做出的人像看起来既恐怖又可笑，我却盯着这张照片，心酸不已。

　　在这个世界上，已经没有人再过问奶奶的欲望和情感，甚至没有人会觉得她是个女人。奶奶72岁了，眉毛快掉没了，头发已稀疏，整个人又矮又胖。但她还是和所有女人一样，想要拍一张美美的照片，摆在自己的床头。于是平时买双鞋也只舍得花30元的奶奶，为了一张这样的照片，花了 50 元。

奶奶的一生有什么值得写入自传的？我回想着这个问题，很快意识到，在未来，我也会面临这个问题——我自己的一生又有什么值得写一本自传的？很可能我的答案是：没有。

当我这样想时，我对奶奶肃然起敬，她做到了给自己的人生一个交代。

也许会有那么一天，奶奶的日记永不再更新，而我也会和奶奶一样，在无人问津的生日那天，写下"这辈子最开心的时候就是做女孩子的时候"这样的句子。

只希望到那时，我还记得那句写在信尾，来自奶奶的祝福："最后希望你自尊自爱，自强自立。"

（摘自《读者》2021 年第 6 期）

# 等不来的电话

程 华

一串八位数字，一直是我家 Wi-Fi 的密码，也是电脑的开机密码。熟人问："这既不像生日，也不像某个纪念日的数字，是随意组合，还是有什么说头儿？"当然不是随意组合。它是一个停用多年的电话号码，曾专属于我和父母。我想以这种方式，让这串令我百感交集的数字，一直存活于我的记忆里，如同与这号码相伴共生的那些人生记忆。

— 一 —

多年前，安装家庭电话是一件比较奢侈的事情。我家第一部座机安装于 1993 年前后。当时家庭电话尚未普及，一部电话的安装费大约是 4000元，而那时我的工资不到 100 元。全家人都说挺贵，但母亲坚持要装，于是咬咬牙装了。

那时候，我、弟弟和父母一起住在重庆郊区的一个厂区宿舍里。我上班的地方在市区，每天早上挤两趟公交车上班，下班回家已是夜幕四合。母亲放心不下我和弟弟，尤其是单身的我。

20世纪30年代，母亲出生在重庆近郊农村，外公是略有薄产的小地主，外婆自然是地主婆。家境还过得去，聪明好学的母亲小小年纪就考上护士学校，毕业后成为西南医院烧伤科的军医。受家庭成分影响，她后来转业到郊区一家小厂的医务室工作，经人介绍认识了在煤炭研究所工作的父亲。父亲来自安徽农村，靠考上大学改变了命运，算得上"根正苗红"。两个吃技术饭的老实人也算门当户对，于是结婚，有了我和弟弟。

或个性使然，或受军旅生活影响，母亲凡事皆求中规中矩：我吃饭偶有叹息，坐姿不够端直，甚至进屋脱鞋后鞋子摆放不齐整，都会招致她的斥责。

我渐渐长大，母亲的管束愈加严格。至我高中毕业，她仍不准我化妆，不准我留披肩发，不准我穿高跟鞋，不准我与男生说笑……在她看似平静实则冷厉的眼神笼罩下，我觉得自己从未有过自由。

直到我大学毕业参加工作，母亲的监管也毫无松懈之势。我清楚，她安电话的主要目的就是方便随时"查岗"。她对我业余时间的严控，我内心抵触，但因自幼习惯了顺从，从不敢表露。我20岁时，随着男友第一次走入我家，冲突终于爆发。

他一离开，母亲就喝令不准我们来往。她举了个例子，说看见他用我家洗脚的毛巾擦他的皮鞋，认为他自私，不是一个有担当会负责任的男人。热恋中的我根本听不进去。他年轻帅气，体贴又有才华，凭什么断定他不能给我幸福？

之后母亲每到下班前就打电话催我回家，甚至提前跑到单位等我。我终于忍无可忍。

一个周末，母亲又打电话到单位，我不接，下班后径自去约会，直到晚上9点才回家。我讨厌她的电话。

家里气氛有些凝重。父亲沉着脸说："你妈哭了一天，晚饭也没吃。"我一看，她躺在里屋的床上一动不动、一声不吭。我倔脾气也上来了，同样一言不发，并开始绝食。

对峙到第三天早上，母亲红肿着眼睛起床，幽幽地说："你吃饭吧，妈妈不再管你的事了……"我胜利了。我以两败俱伤的方式赢得了我想要的"自由"。我以为自己在捍卫神圣的爱情，迫不及待地溜出家门，用公用电话告诉了男友这个大好消息。

然而不到两年，这段婚姻就走到了尽头。在独自哭泣了许多个夜晚后，走投无路的我又想到母亲。除了母亲那里，我还能去哪儿？一向严厉且视名节为命的母亲还能容纳我吗？可我真的无路可走了。我迟疑着拨通了那个曾经让我厌恶的电话。

电话响了很久，母亲终于接电话了。我吞吞吐吐地说："我……我想回家。"

电话那端，母亲沉默半晌才开口，语气平静得有些异常："早料到了会有这一天，回来吧。"

我忐忑不安地回了家。没有我预想中的气恼与责骂，她只是捋捋我的乱发，一字一句地说："回妈妈这里来，重新开始！"

我一头扑进她的怀里。我试图用号啕大哭倾泻掉所有的悲楚、羞愧与内疚。

## 二

几年后，我调到离家几十公里的渝中区上班。那时，我仍一个人过。

新单位没有住房，我只得仓促寻找落脚处。在寸土寸金的渝中区，房租奇高，我每月工资几乎一半贡献给了房东。母亲心疼，提出为我付房租，我拒绝了。我不能再让母亲为我操心。

一个女子独居在外，父母不放心。他们不得已卖掉居住多年的厂区宿舍，倾尽积蓄在渝中区的大坪买了一套两室一厅的小区房。

我可以天天回父母身边了，而父母不得不离开生活了几十年的圈子，远离熟悉的环境，包括那些抬头不见低头见的老邻居。若不是为我，他们怎么也不会在晚年进行这样一场孤独的迁徙。

其时父母已退休，有大把空闲时间需要打发。初入新居，人地两生，母亲有点儿不知所措，除了做家务，整天就东坐坐西摸摸，那部电话又成了她最亲密的伙伴。只要拨通我的电话，她便喋喋不休地说家长里短。

在她的安抚下，我渐渐走出低谷。白天，我们俩通过电话事无巨细地唠叨半天。下班或周末，我们手挽手逛街。我强迫她烫一个让她年轻10岁的发型，拖她去商场买她一辈子都舍不得买的衣服。

渐渐地，母亲的笑容多了起来。她拉着父亲参加小区的老年大学，和老人们一起学电脑、学画画。她开始逐一打电话，邀请从前护士学校的老姐妹、厂里的好邻居来家里做客。

那一段日子挺吵闹，也挺开心。只是，母亲偶尔会在无人造访的夜里，若有所思地说："你以后还是要成家的。其他都不重要，一定要找个品行好的。还有，你性子急，对方得脾气好能包容你才行呀。"

## 三

2005 年，我有了新家。我的小家在渝北区。

母亲高兴，又不舍，仍然时时打电话来。没别的，就是催我周末回大坪去。

渐渐地，我又开始怕她的电话了。我已单身数年，如今该多享受二人世界。不趁着还没孩子抓紧逍遥，更待何时？可母亲每到周末便打来电话："回来哟！我做了你们最喜欢吃的蒜苗回锅肉和豌豆蹄花汤……"

周末睡个懒觉，两个人逛街吃饭看场电影，多好。可我不敢说不。我太了解母亲的秉性了。

在家都是母亲说了算，父亲是"妻管严"，唯她命是从。也是，母亲里里外外一把手，善持家又待人好，左邻右舍都说父亲有福。一直因自己当年不懂事而内疚的我，总想在经济上多给二老一些力所能及的补偿，不管手头多紧，我总按月拿出一部分钱给母亲，微薄的稿费也全交给她。"自己用，不要替我存钱！"这是我对她常说的一句话。

我觉得，这便是孝顺了。虽说这些年父母也有小病小痛，但总的来说身体还算可以。为什么就不能独立一点，非要整天拉我回家？我没事吗？我整天有那么多事情要忙。但我不敢说，我怕母亲哭。母亲退休后变得特别多愁善感，伤心了就一言不发，默默垂泪。在我看来，这种哭，比出声地哭，比号啕大哭更虐心、更吓人。

可我心里终究不悦，纠结一直持续。

一到周末，电话就雷打不动地响起。我不得不一边起床，一边对丈夫叨叨："你说，回去吃顿饭就那么要紧？这周不回不是还有下周吗？"

车才到半路，电话又追来："快 12 点啦，到哪里了？等你们快到了我再炒菜，免得凉了……"我有些不耐烦："不要催，堵车！"

午饭吃了，又留晚饭。有时我们吃了午饭就找借口溜了。我们提前约好晚上聚餐，三五好友觥筹交错，多热闹！

母亲依依不舍，嘴里唠叨，手中却忙个不停：新鲜的五花肉、宰好的土鸡、蒸好的扣肉……大包小包唯恐少拿了一样。上车了，她还追上来再三叮嘱："开慢点儿，注意安全，下周再回来啊！"我一边应着"行啦，行啦"，一边吩咐丈夫"走嘛，走嘛"。

然而只要我需要，打一个电话，她就飞奔而来；或者没打电话，她随时也来帮着做这做那。即使她累，即使她已双鬓斑白、年老体衰。2006年年初，我大病一场。接到丈夫的电话，父母火速赶来。

一见我靠在床头病恹恹的样子，母亲的眼圈红了又红，握着我的手不停地安慰："乖，没啥子，还年轻，把身体养好就是……"

整整一个月，她不是买菜就是炖汤，或陪我说话、遛弯儿，每晚忙到我睡了才肯歇息，次日一大早又在厨房里忙活。她自己每顿饭只吃一点点，而我并没有注意到这些。

病假结束，我刚上班就接到父亲的电话："你妈住院了，情况很严重……"我们不相信这家医院的诊断，马上联系市内最好的医院检查，结果依然如此。4个月内，做了两次大手术，母亲的病情仍急转直下。她枯瘦的手臂已无法扎针，护士只能在她脚掌上吃力地寻找下针的地方。她进入无痛无感的迷糊状态，她剩下的时间只能以天来计算了。

白天，我们无助地在重症监护室外徘徊，到夜里，不得不揪着心离开。最后几天，担心深夜告急，我们不敢回家，就住在离医院较近的弟弟家。

连续几晚，我和丈夫都在凌晨被急促的电话叫醒，那必是医院打来的，必是母亲濒危，需要家属马上过去。到后来，即便深夜，我们都疲惫不堪也不敢入睡，巴望着电话不要响起，那至少说明病情还不至于太严重。我们甚至幻想，要是好几晚没电话，说不定母亲就能从重症监护室里出来了。

一想到最可怕的结果，我就浑身发冷，牙齿打战。可电话总在每晚准时尖声炸响。我和丈夫一跃而起，他去接电话，我哆嗦着找鞋。

2006年8月，在经过两天两夜抢救后，母亲静静地走了，没有留下一句话。

一连数日，在家里，我捧着她的衣物哭泣，时时跟在丈夫身后。我怕孤零零一个人。

折腾得太累，我们终于沉沉睡去。

迷糊中，不知几点，电话响起。我们几乎同时跃起："又怎么了？又怎么了？"我带着哭腔，习惯性地满地找鞋。

然而，只几秒，我僵住了。一时间，屋里安静极了。那只是一个打错的电话。我竟那么恨它不是来自医院。如果是医院打来的，至少还能给我一份牵挂和希望，而不是像现在这般心如空洞。

此后，很长一段时间，黑夜里，只要电话一响，我便一跃而起。好几次万籁俱寂时，我突然迷迷糊糊地爬起来："电话？有电话？"旋即清醒，泪如泉涌。

我知道，曾经觉得那么"麻烦"、那么"讨厌"的电话，永远也等不来了。

我的遗憾，我的内疚，如同我的思念，无处寄送，无处安放，唯有如影随形，缠绕终生。

（摘自《读者》2021年第1期）

# 晴天霹雳之后

尤　今

阿雄被确诊罹患前列腺癌第四期，大家都担心阿苑承受不了。

阿雄和阿苑，是朋友圈中公认的理想伴侣。他俩出生于马来西亚，从小青梅竹马。高中毕业后，二人一起去澳大利亚留学，学成归来，便定居新加坡。工作之余，他俩相伴相随。她去购物，他耐心陪她，替她拎东西；她爱听歌剧，他便买好票陪她观赏。婚前如此，婚后依然如此；年轻时如此，中年时依然如此。

阿苑和娘家的关系很好，阿雄便隔三岔五带阿苑回去省亲，更不时把阿苑的娘家人接到新加坡来小住，招呼得十分周到。有一回，他的岳母罹患重症，阿雄坚持把她接到新加坡来治疗，嘘寒问暖，无微不至。岳母痊愈出院后，说想去台湾旅行，阿雄便请了假，和妻子陪着岳母，足足玩了一个星期。

阿苑的母亲一提起阿雄，便笑得合不拢嘴，竖起大拇指，频频说道："阿苑嫁得好，嫁得好呀！"

"嫁得好"的阿苑，其实也在很努力地经营着她的婚姻。阿雄不喜欢在外头吃饭，阿苑便苦练厨艺，确保阿雄一踏进家门，便能在氤氲的香气里吃上热饭热菜，而且，一个月内绝不出现重复的菜式。阿雄不时在家里宴请同事和亲友，阿苑一个人顶得上千军万马，花团锦簇的菜肴勾魂摄魄，让身为男主人的阿雄感到八面威风。

阿雄病发后，两个移居国外的儿子无法回来照顾，阿苑成了顶梁柱，表现出惊人的坚韧。她不休不眠地守在病榻旁，阿雄任何时候睁开眼，她都在身边。

阿雄病故那天，大家都以为阿苑会崩溃，没想到，她表现得比谁都坚强。在办丧事的过程中，她没有掉一滴泪。

丧事过后，阿苑神情淡定地对亲戚朋友说："我和阿雄8岁认识，共度60年好时光。他生病后，我四处打听，为他寻找最好的治疗方法，中医西医都试过了，但还是药石罔效。我想，这就是天意了。天意既不可违，我便倾尽全力照顾他，让他最后的日子过得舒服一点儿。能做的、该做的，我全都做了。老实说，我心里一点遗憾也没有。"

顿了顿，她又说："他离去后，我一直努力地回想他的种种缺点，设法让他在我的记忆里淡化。""可阿雄在我们眼里，是个完人呀！"听到我们这样说，阿苑露出一个淡淡的微笑，应道："世上哪有完人呢？又有哪一桩婚姻是十全十美的？瑕疵，我没说出口，不等于不存在啊！"

顿了顿，她又说："也幸好有这些不完美，我才能度过这一段艰难的日子！"外表柔弱如水而内心坚强如钢的阿苑，总能以积极的心态帮助自己爬出黑暗的洞口。

阿雄可以瞑目了。

（摘自《读者》2018 年第 10 期）

# 一只糯米鸡

刘荒田

那天午间，我和几个朋友进了唐人街的餐馆。快要离开时，朋友指着桌子上的小竹笼说："这里的糯米鸡蛮不错的，你们哪位打包？"大家都说费事儿，不带。我迟疑了一下，有点不好意思地说："你们不要，我要。"我没让侍者去拿塑料袋，而是把荷叶裹着的糯米鸡用餐巾纸包上，放进夹克的口袋里。

糯米鸡的温热透过荷叶若有若无地暖着我的肌肤。我要把它送给我的妻子。妻子正在松树街的一家疗养院里看护我中风两个多月、尚未苏醒的妹妹。

我想象着——妻子接到我有点害羞地递过去的荷叶包，不经意地问："是什么？"她不会想到，这是我跑了十几个街区专门给她带来的。我会卖个关子："打开就知道了。"她打开荷叶，会很开心，惊喜地说："嘻嘻，真不错。刚才我还发愁，不知道去哪里买盒饭呢。"

想到这里，一种掺杂着凄凉与欣慰的感觉在我的心间涌动，我几乎想哭。

是啊，我很少给同甘共苦三十多年的枕边人带吃的回来，尽管我每天吃她做的饭，穿她洗的衣服。人生充满温暖的爱与亲情，全靠平常日子里一丝一缕的细节织就，可惜粗线条的男人往往忽略了。

在路上，我的思绪继续延伸。早年我在县城上中学，有一天，祖母提着篮子从十公里以外的小镇来看望我，带来的陶罐里盛着白花花的米饭和那时候极难买到的猪肉。饭菜早已凉透，我浑然不在意，一个劲地往嘴里塞。看我的眼珠子都凸起来了，祖母连说慢点。祖母一边美滋滋地看着我吃，一边絮絮叨叨地问这问那。终于，我眼眶一热，流下泪来。

要常常为生命中所承受的无法计算的恩惠所感动，就如同灌浆的稻子在雨里频频鞠躬。

我按按口袋，隔了这么久，糯米鸡仍旧温暖。

（摘自《读者》2019 年第 14 期）

# 养 育

庆 山

一

读一本书，看到这样一段话："如果你种了一棵树，它长得不好，你不会责备它，你会观察它长得不好的原因。它可能需要肥料，或多些水，或少些阳光。你永远不会责备树，然而你却责备你的孩子。如果我们知道怎么去照顾他，他就会像一棵树一样长得很好。责备根本没有用。只需努力去理解。如果你理解了，而且表现出你理解了，你能够爱，情形就会改观。"

让孩子在前面走，你不妨在后面跟随他。如果他实在需要，走过去帮他一把。大部分时间，让他过他的日子，你过你的。

但大人们通常无法抑制"我知道""我懂""我经历过""我知道什么对你最好"的想法。自我强盛，无法给予孩子安静和独立的空间。大人们应该懂得停止制造噪声和干扰。孩子不是用来玩耍的玩具，也不是用以控制的物体。从他们出生开始，即便因幼小需要有人照看，也应被当作独立的生命来平等对待。

跟在一个小孩子的后面，观察他，放开他，而不是放弃他，无视他。这种分寸的把握，是内心沉静自觉的成人才能具备的能力。自己没有好好成长，不可能真正了解和支持孩子。在沉静自觉的家人身边，孩子会自然习得如何沉静自觉地去感受世界。必要的放手和冷淡，是一种高明。

如果父母不懂得如何处理情绪，他们同样不会妥善处理孩子的情绪。如果父母不知道该如何真实地与自己相处，他们也不会懂得如何真实地与孩子相处。所以，他们也无法教会孩子如何真实地与自己相处。

二

一次在意大利的一个餐厅吃午餐，三个外国人带着一个五六岁的男童进来用餐。中途，男童不知为何发起脾气，不听劝，在地板上剧烈翻滚，又哭又叫，声音十分刺耳。周围还有旁人，大人们坐在各自的位置上，看着菜单，保持沉默。没有人搭理男童，任由他翻滚哭叫，听而不闻，视若无睹。这需要一定的勇气，在这种时候保持镇定不容易。但他们做到了。

孩子终于疲惫不堪，坐起来，哭声也转小。这时一个母亲模样的人走过去，把他拉起来，轻声说了几句话。孩子回到自己的位置，擦干眼泪，抹干净手。自此这顿饭他吃得老实得很，再没有吵闹。

比起那种干扰、操纵孩子并认为理所当然的做法，父母更应懂得尊重孩子的情绪，让他们学习自我管理。这种能力，比他们多学会几个故事、多做几道数学题重要得多。独立性是稳定心态的基础。

三

90多岁的家守拙堂写了一本教育生涯回忆录。在文中提到一句日本谚语：孩子是看着父亲的背影长大的。

大人是孩子的榜样，其一言一行，非常重要。如同在透明的心底，折射出来的第一抹光影。那光是红的，孩子便认为世界是红的；那光是蓝的，孩子便认为世界是蓝的。这些感知如果出了差错，他们就需要经历很长时间去改变自己的认知，那样会很辛苦。

给他们温柔和清净的光，以背影带领他们，是有效模式。不展示过于功利的价值观，单以生命本身来说，展示真实的、不拘泥的、独立自在的状态，是重要的。

他否定对孩子过于苛责和给予压力的教育方式，也提出绝不可娇生惯养。对孩子要有一些更为长远的考虑，适当让他们吃些苦是必要的。

带心爱的孩子去旅行。文中所指的旅行，并非舒适或奢华的观光，而是学校和家长应该有意识地组织孩子在寒冬和盛夏季节，进行长途行军、爬山、露宿等活动。那一年我在日本长野县山区旅行，曾目睹穿校服的孩子们野游。他们长时间步行在山道上，累了就坐在路边休息、喝水、聚餐，看见陌生人会有礼貌地微笑问好。

"孩子应该像野外的植物一样经历与病虫害的殊死斗争，经历严寒酷暑的考验。我们大人不需要用过多的规则去束缚他，只需要默默地守望，适时地鼓励。"

对于幼小的孩子来说，如果他还没有到这样的年龄，也应该经常跟父母一起旅行。经历乘坐交通工具的奔波旅馆间的辗转，看一路变化的风景。当他看见父母与外界和他人的接触应对，会学到现实中的交往方式。此时，父母更应该注意言行举止，对待服务人员有礼，处理问题干脆认真，对他人有同情心和同理心。孩子也会默默吸收这一切。同时，对景物如何审美，父母对传统的文化如何讲解，都是给予孩子的学习机会。

## 四

他说，在幼儿时代要注意对孩子的"欲望、情操、知识"的综合教育。要经常让孩子练习日常的礼貌用语，"谢谢""早上好""请慢用""我回来了""我走了"之类的话，要扎实地用。让孩子在家庭中首先接受以举止、礼貌为中心的情操教育。

同时，为他们创造阅读环境。在优秀的绘本作品中，孩子可以学会许多，在故事中找到榜样和共鸣。也必须让孩子学会和周围的人和谐交流，共同生活。"培养孩子有一个宽容、平和、坦率的胸襟……在这个善恶交集、玉石混杂的世界，从小就培养孩子原谅他人的宽容气量。"

家长可以用身边的小事来逐步培养孩子的宽容心，比如在公共交通、公共场所主动照顾弱者等。"总之，不挑剔他人的缺点，原谅他人的过失，信任他人的自觉性，在培养这种宽容心态的过程中，不光是大人和孩子会从中得到乐趣，而且我相信，这也一定会使孩子们未来的人生更加开阔。"

学会等待也是很重要的。

与此对比，让孩子上多少节培训课，学习到多少种技能，是处于靠后的排位。老人注重的是"道"，不是"术"。他回忆在他的少年时代还会经常使用"修身济世"的成语，那时还有"修身"这门课，强调个人对社会的责任和义务。随着西方文化的侵入，日本社会的发展，此类成语"已成为死语"，失去了现实意义。孩子在社会的影响下，更强调自由和平等的观念，而失去对责任和义务的领会。

这种现象又何止在日本。随着物质文明和科技的进步，传统品德和公共道德的教育被忽视。作为一个历经时代沧桑的从事教育事业的老人，他对此十分警醒。

"父母应该把孩子视为天赐的恩惠……随着孩子的成长，要让其接受最朴素的做人的道理，特别是要培养孩子对事物彻底理解的能力。要求孩子对任何事都应有明确的态度。这样孩子对任何事都会认认真真地去做，即使再辛苦也不会想到中途放弃，而是克服困难向前看，意志也变得坚强。"

家守拙堂老人的观点，即便就目前来看，也没有丝毫落伍或脱节之感。这是朴实而开阔的智慧之道。

（摘自《读者》2016年第23期）

# 躲得过规则，躲不过灵魂的拷问

陈双媚

一

常有新闻报道，某畏罪潜逃多年的逃犯落网后的第一句话是：以后终于可以睡上安稳觉了。潜逃的日子，心悬在刀尖上，三餐食不知味，夜夜坐卧不宁，惶惶不可终日，何异于坐牢？落网后，该受何惩罚、该负什么责任，一切尘埃落定，反倒踏实了。

记得爷爷临终时，父亲询问是否尚有欠款未还、是否尚有借债未归，爷爷淡然一笑："寻常小老百姓，能欠几个钱，又能借几个钱？都清零吧。"父亲知道爷爷平素的花销，退休金尚且月月有余，欠人钱的可能性很小，借给人钱倒有可能，这样说无非是知道借钱之人的难处。所以，办完爷爷的后事，父亲特意把爷爷的临终遗言说了出去。没想到，后来陆续有人上门还钱，30元、20元的有之，10元、8元的也有之。多年之后，还有一个堂叔借清明祭祀爷爷之机，还清了当年从爷爷手里借走的30元。对于这些人，父亲一一招待，钱也一一收下。母亲打趣父亲："当年老爷子可是说清零的，你咋收了？"父亲说："老爷子说清零，是不想让他们的日子为难；我们不收，倒让他们心里为难了。"是啊，于他们，还的是钱，求的是内心的安宁。

二

淮剧《小城》的主人公肖悦华事业有成，她是小城"眼科一把刀"、手术零失误纪录的保持者；家庭幸福，丈夫在机关工作，体贴憨厚；儿子学业有成，深受导师器重。可是，一场车祸让她的事业和家庭双双陷入困境，她心里的天平开始失衡，人性、人情、道德、良知、规则、底线都是砝码，孰轻孰重，选择的背后是对灵魂的拷问。

在小城，肖悦华身上贴着很多标签，"眼科一把刀""为人正派""好人""家庭幸福""女人的传奇"，每一个标签都像一面锦旗，挂在她身上，红艳艳一片。肖悦华以此为傲，也以此为准则，不论是面对病患，还是面对医疗器材招投标；不论是面对领导的施压，还是丈夫发小的恳求，她都不为所动，不开后门，不收红包，一视同仁。

生活在小城，真能坦坦荡荡，公平公正做事，问心无愧做人？知道儿子车祸肇事逃逸后，肖悦华的信念瞬间坍塌。一边是儿子大好的前途，一边是丈夫发小父亲的眼睛，保儿子，老人余生将在黑暗中度过；帮老人，等待儿子的将是牢狱之灾。这时她才知道，她这个"眼科一把刀"

手里握着一把看得见的手术刀，还握着一把看不见的刀。它可以救人，也可以杀人；它可以还原真相、澄清事实，也可以掩盖真相、颠倒黑白；它可以给人生的希望，也可以把人推入黑暗的深渊。

这把刀叫人性。当人人叫嚣着严惩肇事者，让他狠狠赔偿时；当人人咒骂无良肇事者，让他把牢底坐穿时；当交警队传来要画图指认肇事者的消息时；当得知导师对儿子大加赞赏，儿子前途无量时，肖悦华手里那把看不见的刀，刀锋偏离了良知。这座小城的正派人、好人、手术零失误的名医，心生暗念：让吴伯伯的手术失败，这样真相就石沉海底，儿子的未来就保住了。

车祸可怕，可比车祸更可怕的是人心；手术刀锋利，可比手术刀更锋利的是人性。车祸伤人看得见，人性的恶却是看不见的。善的背面是恶，歹念也会生发于好人心中。想起曾看过的一句话："不是我们看错了好人，而是我们误解了人性。"

三

"无影灯下无魅影，柳叶刀下争毫厘。"昧了良知的肖悦华无时无刻不在经受煎熬，她的灵魂时时刻刻承受着被拷问的苦痛，惶惶不可终日，噩梦丛生。梦中，吴伯伯眼睛上揭下的纱布层层叠叠，全都缠绕在她心上，勒着她的五脏六腑，束着她的良知底线；梦中，吴伯伯因接受不了失明而跳楼自杀，让她如被烈火炙烤般煎熬。

肖悦华装病逃避给吴伯伯做手术，把医疗器械招投标的生意给吴鹏飞作补偿。吴鹏飞误认为肖悦华是害怕手术失败而装病，心生内疚而把生意给自己，但他情愿放弃生意也要坚持让肖悦华给父亲动手术，因为父亲比生意重要，因为肖悦华是好人，好人就值得信任。

"信任"二字千斤重，"好人"二字分外沉。

肖悦华的心再次摇摆，难道真的要让儿子伏法？可她是妈妈啊，她怎么忍心将儿子的前途毁了？难道要弃吴伯伯于不顾？可她是医生啊，怎么能弃医德和良知于不顾？要留给儿子一线生的希望，就要把吴伯伯推入黑暗的深渊；要给吴伯伯一缕光明，儿子就要堕入黑暗的囚牢。救人则伤人，伤人亦救人。铺路则埋雷，架梯亦砌墙。该如何给这失衡的天平加码啊？

此时此刻，小城在肖悦华面前如同摆好阵势的手术台，吴鹏飞的误解像一把刀，吴鹏飞的信任像一把刀，吴鹏飞的选择像一把刀，儿子的前途像一把刀，医生的天职像一把刀，母亲的责任像一把刀，师长的教训像一把刀，为人的根本像一把刀……刀刀直戳心肺，魂肉撕扯，痛入骨髓。

肖悦华病了，一身病骨、两眼无神、三魂出窍、四肢发沉、五脏俱损、六腑皆痛。阳光下头难抬、气难出，黑夜里梦惊魂、心胆战，人前怕招呼，人后惧沉思，整日心惊肉跳，怕闻警笛呼啸声，怕听茶余饭后言。

没有人能忍受灵魂被拷问的疼痛，肖悦华今日之疼痛，就是儿子日后之疼痛；肖悦华今日之惶恐，就是儿子日后之惶恐。身有病，可治；心有病，难愈。历经椎心之痛后，肖悦华终于明白，掩耳盗铃不过是自欺欺人。

四

用一个青年的大好前途去换取耄耋老人的一双眼睛，值得吗？这一问，问出了很多人的沉思：值得吗？

于小城，价值的交换，不在于他是青年还是老人，不在于它是前途还是光明。若人无良知道德、事无公平公正、行无规则底线，轻则人人无视规则、人人缺失诚信，只剩下世态炎凉、人情冷漠，彼此猜忌、尔虞我诈，走后门、开绿灯……重则行医者草菅人命、执法者渎职法庭、当兵者做了逃兵、为官者伤害黎民……正如戏中肖悦华所说：习常不察，埋下祸根；骨牌连锁，蝴蝶效应；公器尽竭，祸及人人。

规则的培育、秩序的建立、信仰的树立、价值观的构建，一切真善美的存在，除了制度的约束，良知至关重要。

因为，没有几个人可以在自己的良知面前无所畏惧，肆无忌惮，有恃无恐。

值不值，要问问谁能真正承受灵魂拷问之痛。肖悦华不能，所以，她选择了把那缕光明还给老人；她的儿子也不能，所以他选择了自首。

那你、我、他呢？

（摘自《读者》2021 年第 2 期）

# 敦 厚

明前茶

民国文人中，我很喜欢梁实秋，理由是《雅舍谈吃》写得独一无二。那是一位老人辗转各处后留在台湾岛上，北望故乡而难回的怅惘。而那种淡淡的满足与遗憾交织在一起，一笔至细，最令人难忘的，无非是老北京人的敦厚人情。

梁实秋并非出身大富之家，但父母秉承要让孩子多长见识的原则，打小带着他们姐弟上饭店、酒楼学习为人处世的礼数。承蒙梁实秋的一支妙笔，我们可以窥见近一个世纪前，北平商家与顾客间的和蔼声气，如一把熨斗一样熨平了心头的褶皱。

比如，当年在首屈一指的东兴楼，用餐高峰期，上菜难免稍慢。遇上年少气盛的客人敲盘叩碗地催菜，掌柜听到，不但有执事立马出来赔不是，当值的跑堂当即就要卷铺盖。梁先生且笑且嗟地描绘道："真个儿卷铺盖，有人把门脸儿高高掀起，让你亲见那个跑堂的扛着铺盖卷儿从你面前疾驰而过。不过这是表演性质的，等一下他会从后门又转回来的。"

顾客知不知道这卷铺盖的一幕，仅仅是一味"消气散"呢？知道的。不过，他已经被给足了面子，焉能失了风度？而跑堂的演这幕"去而复来"的独角戏时，自己也是偷乐不止的吧？跑堂的本无过错，因此挨的板子也是虚的；顾客本不占理，可他一时气性上来了，何不顺水推舟，给他额外的安抚？这里面的智慧，不比如今顾客与店家一言不合就动粗高明？

老北平人的敦厚人情，也体现在店家对顾客货真价实的关照上。秋天，最好的螃蟹运到正阳楼，店家令螃蟹催吐泥腥、涵养肥膏的"饲料"，竟是打成雪花状的鸡蛋清。梁先生当时还是小孩子，好奇心重，揭开店里养蟹的缸盖去看，果见雪白的蛋清泡沫一直涨到缸沿。伙计看到，不以为意，还送小客人黄杨木旋制的吃蟹工具一套。

吃完螃蟹，满桌剩下难啃的大螯无人问津，伙计便征得食客同意，当场剥出大螯肉，加上高汤、芫荽末、胡椒粉和切碎的回锅老油条，做出一大碗鲜汤来奉送，让这席美味的蟹宴余味悠长。

总之，老派店家秉承惜物的美德，每样物事莫不极尽其用，方觉对得起顾客。客人吃烤鸭，片鸭肉剩下的鸭架，店家用荷叶妥妥包起，并奉送几枚口蘑，嘱你回家做打卤面吃；客人点了芙蓉鸡片、芙蓉干贝之类的菜，剩余的蛋黄，馆子里不声不响地另添了火腿末、荸荠末，做一道熘黄菜奉送。这是对老顾客的"外敬"。

有意思的是，馆子外敬得多了，客人也心下不安。但当时并不提起，等五月份家里的紫藤花开得累累重重、招蜂引蝶时，就派家中十岁左右的孩子去馆子里请伙计来摘一筐紫藤花。这是做紫藤饼的原料，可以照应馆子的利润。

（摘自《读者》2018 年第 3 期）

# 那首歌，那个人

三色毛

1999 年，我在县里上高一。那时，手机还没在校园里流行，大家主要靠电视和收音机获取娱乐信息。我的同桌王静有一台收音机，她总在午休或者晚自习前拿出来听，也时常分一个耳机给我，带我这个只知道闷头学习的书呆子进入一个全新的世界。

那个时候，我尤其钟爱周华健的《有没有一首歌会让你想起我》。那时的喜欢，仅限于歌的曲调，哼唱时特别有感觉。

我相信，每个人的高中岁月都是相似的。学习成了唯一，其他心声会变得异常微弱。

我很感激王静给我单调而无趣的高中岁月注入了旋律和欢乐，让备考带给我的疲惫不再那么难挨。多少次，当我感到快被书山题海吞没时，却迎来一缕清风和一束光亮，让我得以喘息和振作。抬头一看，她来了，拿着收音机，站在门口冲我微笑着。

六月的那道分水岭，搅乱了太多人的记忆，也分割了太多人的相知相许。我发挥一般，考上一所省内的二本学校；王静发挥失常，选择了复读。我们相距更远了。后来，她考上了一所不错的大学，毕业后在城里工作。我考研成功，去了外省，和她的联系彻底中断。

研究生毕业后，我杀回这座城市，心知她一直在这里，期待着能够见上一面。话说人与人的缘分也真怪，在千里之外都能街角遇友人，却在这巴掌大的城市见不到心有所系的故知。也许是缘浅吧，现在，我们甚至连问候一句"好久不见，你现在都还好吗"的机会都没有。

翻看高中的毕业纪念影集，我们在不同的册页上，却有着同样灿烂的笑脸。我很想问她一句："有没有那么一首歌，会让你心里记着我？"

回答我的，只有雨打窗棂的声响。

（摘自《读者》2021 年第 6 期）

# 笑的遗产

韩少功

我女儿数她的亲人时，总要提到游，一位曾经带过她的保姆。

那一年，我家搬到河西。妈妈体弱，我和妻都要上班，孩子白天需要托给一位保姆。经熟人介绍，我们认识了游，她就住在我家附近。

游其实还没到湖南人可称奶奶的年龄，五十岁左右，只是看着儿子打零工挑土太辛苦，为了让他顶职进厂，自己就提前退休了。她心直口快、心宽体胖，笑的时候脸上隆起两个肉球，挤得连眼睛都不见了。她的哈哈大笑是这个居民区的公共资源。茶余饭后，常能听到这熟悉的笑声远远传来，碎碎地跳入窗户，落在杜鹃的花瓣上或者你展开的报纸上，为你的心境增添亮色。

孩子开始畏生，哭着不要她。不过没多久，孩子就平静下来，喜欢上她的笑声了。孩子试着用手去摸她的胖脸。她笑得张大嘴巴，把脸别过去，又突然"呷"一声转回来，还做出一个鬼脸，让孩子觉得刺激有趣。她可以把这个简单的游戏认真地重复无数次，每次都与孩子笑成一团。

孩子从此多了一位奶奶。

游的丈夫也是退休工人，擅长厨艺，常被餐馆请去帮忙，一去几个月不回家。两个儿子在工厂上班，一个迷钓鱼，一个好小提琴，工资都不高，又都在恋爱阶段，自然缺钱花，在家里混吃混喝不算，有时还找母亲要补贴。游奶奶常常红着眼圈说："我那两个败家子还不如我韩寒。我能有多少钱呢？还是我韩寒心疼奶奶，我一哭，她也哭，还给我抹眼泪，要我吃油饼。"说着又落下一串泪来。

韩寒便是我女儿。

南方的夏天很热。到深夜了，屋里还如烤箱一般，所有家具都热烘烘的，把凉水抹上去，暗色水渍飞快地被分割，然后一块块竞相缩小，蒸发至无。人热得大口出粗气，都怀疑自己身上有熟肉气息。在这种夜晚连蚊子也少多了，大概已被烤灼得气息奄奄、锐气尽失。孩子在这样的夜晚当然睡不安稳，刚闭一会儿眼又"哇哇"热醒。不知什么时候，我们听到楼下有人叫唤，到阳台上细细辨听，才知有人在叫孩子的名字，是游奶奶来了。她驮着沉沉的一身肉，气喘吁吁地爬上楼梯，被我们迎进家门。她说在家里就听到远处的哭声，怎么也睡不着。她听得出是韩寒在哭，便说什么也要把孩子抱到她那儿去。

她并没有特别的降温妙方，只可能是彻夜给孩子打扇，或者抱着孩子出门夜游，寻找有风的去处。

整个夏天，她家最凉爽的竹床、最通风的位置，都属于我女儿。每当太阳落入运输公司那边的高墙，游奶奶就开始往门前的地上喷水清暑，把竹床放置在梧桐树下，至少用凉水擦两遍，为我女儿过夜做准备。她儿子不小心坐了竹床，她立刻大声呵斥："这是给你坐的吗？你们小伙子好足的火气，一个热屁股，坐什么热什么。走走走，没有你的份！"

日托差不多成了全托。我们要给她加工钱，她坚决不收，推来推去像要同你打架。

后来，游奶奶的身体渐不如前，医生说她心脏有毛病。正好这时候孩子也该上幼儿园了，我们便把她送往外婆家——那里有一所不错的幼儿园。那儿离我家比较远，孩子每个星期只能在周末回来。

孩子刚去的那几天，游奶奶失魂落魄，不时来我家打听孩子的近况。

我女儿从幼儿园到小学，每个星期六回家。离家还老远，她就要从我肩头跳下，风一样朝游家跑去，直到扑向游奶奶肥软的怀抱，一扎进去就不出来。游家总有很多邻居的孩子——游家常有乡下来的亲戚，用拖拉机运来藤椅、砧板、鸟笼、瓜果在游家门前售卖，也带来乡音和乡野阳光的气息——孩子们疯疯地赖在那里看热闹，久久不愿回家。

1988 年，我家迁居海南岛。女儿每吃到一种新奇的热带水果，都会说："游奶奶来了，要让她尝尝这个。"她给游奶奶写过一些信。游不识多少字，回信大多是请人代笔的。

我担心游的心脏病。我没有把这份担心告诉女儿，怕她接受不了一个没有游奶奶的世界。

她还是经常给游奶奶写信，也经常收到游奶奶的回信。每次看信，她都捧着信纸一次次仰天大笑。令我有点吃惊的是，她笑时的神情特别像游奶奶。她的脸，上半截像我，下半截像她妈，但她的笑毫无疑问来自游家：笑得那样毫无保留、毫无顾忌，尽情而忘形。我记得经常在游家出入的那群邻居小孩，个个都带有这种笑，真是习性相传、音容相染。

游奶奶不论罹患多少疾病，也不会离开人世。这不在于她会留下存折上五位或六位的数字，也无关官阶或学衔，她的破旧家具和老式木烘笼也终会被后人扔掉。但她在孩子们的脸上留下了欢乐，让他们的笑容如花般四处绽放。

秋雨连绵，又是秋雨连绵。我即便远在千里之外的海岛，也会以空空信箱等候她远来的笑声。

（摘自《读者》2018 年第 13 期）

# 不要怕，我先过去看看

星野空

　　家里有许多书柜，都是我父亲的。还有不少奖状，是他在工作上拿到的。他在通信公司里做技术开发工作，一年到头几乎不休息，没日没夜地在公司里研究或者做实验。

　　我一直觉得父亲是个糟糕的人。虽然他既不动粗，也不摆架子，但总是工作优先。工作日就不用说了，他周六、周日基本上也会在公司。久而久之，我见到父亲就会紧张得像是见到叔叔伯伯一样。而他也总是一脸严肃，没精打采的。

　　那时我二十四岁，已经开始写小说，虽然这个年龄还是会被人当成孩子，我却自认为是个成熟的大人。一天，母亲打电话给我："你爸爸要去住院，你能帮他搬行李吗？那天我有别的事没法去。"我同意了，多少是出于身为独子的使命感。不，我是为了母亲。因为父亲很少在家，家里的事、学校的事、与社会接触的种种，都是母亲孤军奋战。这既是我对母亲的感谢，也是慰劳。

我是从母亲那里得知父亲被查出恶性肿瘤，时日无多的，而父亲也知道我已经知道了。虽然不是毫无触动，但对我来说，父亲是个只会在公司里做自己热爱的工作的人，那时我想得更多的是——刚知道他不能去公司了，接着就要去医院了吗？真是个不回家的人。

父母家和我家就在同一个街区，我经常会回去看看。我去得并不频繁，因为觉得那时再与几乎没有交流的父亲见面，就像是在借机平账一样。我不想他因为这种事情而取得借贷平衡。

"有句话我要事先声明，"他曾这么说，"我想往后我会越来越虚弱。这很正常，因为我快死了。音量渐渐变小后，乐曲也会结束，是吧？"

"所以呢？"

"不要因为我渐渐虚弱而惊慌失措。"父亲笑得露出了牙，"我死的时候，就是我的寿命到头了。我好好地走过了完整的人生。"

这是在逞哪门子强？我不屑地想，愤愤地望向身边。母亲耸耸肩，�“起了嘴说："一直不管家的人还要装模作样，真让人头痛。"

那时，父亲确实是在逞强，但并不只是为了面子和自尊心。我之后才明白了，他选择在家接受治疗，是因为他还想教导我一些事。

之后去探望他的时候，见他盖着被子，房间里满是汗水与尘埃混杂的气味。他瘦了一大圈，脸色惨白，但看到我，依旧露出了虚弱的微笑。

"因为有药，所以也不是特别痛，只不过总是犯困。"父亲说他一天有大半时间都在睡觉，那感恩的语气就好像他现在清醒着说"我很幸运"一样。他眼睛无神，从被子中露出的脚踝细得令人吃惊。

"你还有什么想做的事吗？"聊了一会儿家常后，我问他，"虽然能做的有限，比如有什么想吃的或是想看的？"

"正如你所知，我自由自在地生活至今，"父亲故意说得文绉绉，"已经没有未竟的心愿了。虽然我很遗憾没能尽到父亲的责任。"

"这件事虽然是事实……"我觉得他比那些上了年纪却还恣意妄为、给周围人添麻烦的父亲要好得多，于是我又说，"不过，我也不知道这个世界上的父亲要尽多少父亲的责任。"

"最近，我回忆起那个时候的事。"父亲隔着窗户，望向庭院的方向说道，窗帘拉着，他不可能看到外面的景色，"以前我们去过游乐园。"

"鬼屋吗？"

"对，就是那个。你记得吗？"不知是不是错觉，父亲转向我的眼眸中闪着光彩。

"我还以为你忘得一干二净了呢。"

"你害怕进鬼屋，就在入口前蹲着不肯走。"

那段记忆的轮廓在脑中渐渐清晰。当时，朋友们一个接一个进入鬼屋，我却蹲着喊"我怕"，不肯动弹。"我没有办法，就先进去了。"那时父亲是这么说的，"我先去看看是不是吓人。"

"那又如何？"我问。

父亲的表情变得温柔起来："我觉得就和当时一样。"

"一样？什么东西和游乐园一样？"

"我知道它不吓人，你也没有必要害怕，所以……"父亲继续说。

"什么？"

"我先去确认一下那并不可怕。"

我诧异地问他在说什么，他却没有再多说什么。

在那之后，父亲又活了半个月左右。我去看他时他多半在睡觉，也有意识清醒的时候。对话一天比一天艰难，但我叫他时他会点头，有时也会应声。

最后一次对话，是在他去世的前两天。天气很好，阳光透过窗户照亮了房间。

"要拉上窗帘吗？"我起身问。父亲却嘟囔："没关系。"

我看着他的脸，不清楚他是认出了我，还是在做梦。他继续说道："一点都不可怕。"听他的语气，他像是在一个梦幻的舞台上和某人对话。

"啊，嗯。"

"是的，不要怕。没关系，我先过去看看。"

我不知道该怎么回答才好，于是又应和了一声，只说了一句："那可真是帮我大忙了。"

母亲在提及父亲去世时，说："我一早起床，他就没有呼吸了。"母亲虽然流着泪，却很理智。我赶到后，怔怔地望着父亲那具已经不再呼吸的躯体，心中一阵寂寥，同时又忍不住回忆他在家中平凡度日却渐渐衰弱的模样。回过神，我告诉母亲："感觉已经不怕死了。"

"谁？"

"我。"

"胆小的你？"

"虽然很可怕，虽然有一天自己也会迎来死亡，不过那似乎也不是什么特别的事。我觉得那并不可怕，而是很自然的事。"

"哎哟。"母亲又是感叹又是吃惊地呼了口气，"你爸爸真厉害。"

"什么？"

"做父母的，都会期盼子女一生平安。"个子矮小的母亲挺直了背，仿佛正在低头看我，"会祈求子女不要遇上痛苦与可怕的事，希望子女能平静地生活。这和你是不是一个著名作家毫无关系。"

的确，对父亲而言，我不是作家，而是他唯一的儿子。"嗯，不过要平静地生活是很难的。"我说。

"是的。连续遇到痛苦、可怕的事，也是因为活着。而死亡，则是程度最深的。"

"最深的？"

"死亡不就是最可怕的事吗？不论是谁，都一定会遇上这件最可怕的事。我们终有一死，这是无从逃避的绝对法则。不论走过怎样的人生，成功也好，失败也罢，最可怕的事都必然会造访。所以，你爸爸为此而努力。"

"努力什么？"

"他想要告诉你，虽然死亡终会来临，但那绝不是一件可怕的事。"

我至今都觉得，父亲只是先去那里看看而已。回来时，他会这么说吧："跟我想的一样，一点都不可怕。"

（摘自《读者》2016 年第 20 期）

# 灯

文 珍

　　很多人都看过冰心的《小橘灯》。与此相似的，是将瓜果的内部掏空，放进一支蜡烛。点亮后，植物内部的香气被热和暖催逼出来，袅袅上升。透明的，芬芳的，每一分钟都在流失，每一分钟又不断重生。充满香气的火，可以放在手心里的灯。

　　此外，最动人心弦的大概是水灯。每年盂兰盆节，亚洲多少地方都在放它。给死去的亲人，也给路过的游魂。亮光如萤火顺水而下，那些生离死别的惆怅便也随之远去。纸船遇风浪本易翻，但这样的节日，往往都是无风的晴天，好像真有鬼神暗中护佑一般。自家亲人即便迷路，看不到水灯的情状，水底的鱼儿、水草也都会替他们一一见证，它们游弋来去，并不惊动。

　　天上星，地上灯。说人死，也常说灯灭。

灯本有心。灯芯偶尔会被化了的蜡油汪住烧不起来，要人用针挑出再剪一下才能继续燃烧。古人恐怕也是漫漫长夜里对灯无聊的时间太多，才会编出《灯草和尚》这样的故事，又荒唐，又艳异，还有一点来自魑魅魍魉世界的狂喜。

日本的《百鬼夜行图》里，鬼也都擎着灯，蹑手蹑脚地走，样子煞是奇特。

2017年12月，我在上海看了一部动画片《寻梦环游记》，故事的背景是墨西哥。里面的亡灵世界也都由灯光统治。原本古今中外所有的鬼都只怕阳光，不怕灯——灯是黑暗王国最友好的使者，没什么攻击性，只是静静地照亮，不大扰人，又如同人的灵魂有生有灭。但那部电影最重要的思想，是说在墨西哥人的眼中，死亡才是生命的最高意义，生与死互为补充才组成了完整的生命。因此，每年的亡灵节，墨西哥人会祭奠亡灵，却绝无悲哀，甚至载歌载舞，通宵达旦，与逝去的亲人共同欢度这一年一度的团聚时刻。

也就是说，人死了没什么可怕的，只要还有活着的亲人记得自己，便可长久地在另一个世界活着。而每年的亡灵节，只要有亲人记得为自己点一盏灯，便可跨过生死桥与家人团聚。

看完电影的第二天早上，在酒店接到家人的电话，告知我当天凌晨四点，外婆去世了。

外婆是在老家的县城去世的。她和我们在深圳住了整整二十年，后来不幸得了阿尔茨海默病，也即俗话说的"老年性痴呆"。她人生最末的六七年，正是一个由明白趋于糊涂的完整演变过程，乃至渐渐不认识女儿，更遑论儿子、孙子、女婿、外孙。2017年春天，她神智突然短暂清明，就一直闹着要回县城老家，叶落归根。外婆半夜起来上厕所，却找不到回房间的路（其实就在厕所对面），跑到客厅里大放悲声："我是毛海娥，我要回家。"她有时又对妈妈说："怎么一屋子人在喊我回老家？"其实客厅除了她们俩，空空荡荡。

如此大闹数日，妈妈终于只能含泪让照顾外婆的四姨奶奶陪她回去，自己也一路护送到县城，又给老房添置了许多家当。而外婆在几年前，就早早为自己在乡下准备好了寿材。只有在老家才能土葬，这也是未雨绸缪的意思。

我在 2017 年 8 月，还和妈妈回县城看过她一次，那时候她已经不认识任何人了。身边亲友问她我们是谁，外婆闻言非常紧张，又十分羞涩（她本来脾气不好，得病后却常有少女的娇羞），想了很久以后老实说："不知道。"随即又补充，"但肯定是我心上的人。"好亲。

从沪上连夜赶回湖南奔丧，一路上忍不住对着飞机舷窗外的黑暗流泪，二十年朝夕相处的往事纷至沓来。泪眼中，看见自己模糊变形的倒影，一直觉得手上捧着一盏微弱的灯。我在心底说，外婆，我会一直记得你，我是你心上的人呀。

在这之后的春节，因是新葬，必须回县城扫墓。初五那日，依照本地风俗，须在坟头烧半人高的纸马十数架。还是十二月送葬的同一队孝子孝孙带着纸马上山，一行人浩浩荡荡。我因为在葬礼上已痛哭过多次，这时已没有眼泪，只是一心一意地擎着纸马认真走那隆冬阴天泥泞的山路。等到了坟头，众人祭拜如仪，待纸马腾起半天烟火，遂又沉默地鱼贯下山。

我故意拖在最后，想等表弟踏灭坟头的余烬再一起下山。这个表弟，就是那个小时候常犯百日咳，害外婆不断下床给他拿止咳糖浆的表弟。外婆是他的亲年年（我们本地土话把奶奶唤作年年）。等她到了深圳，才一直和我家一起住。按理说，外婆后来和我们在一起时间更久，但似乎还是对从小带大的孙子更亲。虽然后来殊途同归，统统不认得了。

坟头黄土里到处都掺杂着鞭炮碎屑、彩色纸马、白色经幡和塑料童男童女未烧尽的笑脸，惨淡如任何乡下扫墓的尾声。怕引发山火，表弟一边在坟头专心找那些尚有火星的纸马踩踏，一边低声说："年年，你一个人在山上冷清，给你烧点纸，过年也热乎热乎。"

他并不知道我在等他，更不知道我听见了他的话，当即转过身去泪如雨下。

他也记得她。给外婆点灯的人又多了一个。

外婆一定可以回家。

（摘自《读者》2019 年第 3 期）

# 她长得像我妈

巩高峰

　　在一溜打着赤膊的搬运工里见到她的时候，我吃了一惊。嗯，女搬运工本来就很少见，何况她这么矮小瘦弱，我都不知道她能不能搬动一箱瓷砖。

　　我吃惊的另一个原因，是我昨天下午刚刚见过她，在一个大超市门口。之所以当时多看了她几眼，是因为她长得有点像我妈，满脸都是皱纹，面相明显超出真实年龄。只是她看起来稍稍年轻一点，但是更瘦小，像远在千里之外老家的小一号的我妈。我记得因为这个，我还笑了笑。

　　当时她正和她儿子吵架，虽然她努力表现出家长训斥孩子的口吻，可是俩人看起来就是吵架。她儿子也就十三四岁的模样，却比她高半头，她得仰着头数落她儿子——因为那个男孩自己做主在超市买了一双白色的耐克鞋，而且从超市一出来就立马换上了，那双旧鞋就拎在手里。这样一来，即使她吵赢了儿子，这鞋也没法退了。于是她退了两步，仔细端详了好几遍儿子脚上那双贵得让她心疼的鞋。

我在超市里见过那鞋的特价广告牌，799块。她生气就是因为这个价格，她说她天天在超市门口整理自行车，打扫卫生，一个月才挣800块，他买一双鞋就给花没了。她儿子看起来更生气，说篮球队的同学买的都是今年的新款，最便宜的也1000多块，他买了双旧款，打了6折，结果还被唠叨半天。

今天竟然又见到她，巧得让我不由得多看了她一眼。她很敏感，很快发现我在看她。她误会了我的眼神，特意从一排搬运工中跑过来，跟我保证她能搬动，她不是来混搬运费的，让我放心。我不过是帮朋友一点小忙，替他看着搬运工腾挪一个仓库，朋友在新仓库等着卸货、安排位置，让我在这边盯着装车。所以我息事宁人地朝她点头，说："你可以挑小箱的搬，注意别砸着脚。"

她本来都转身走了，听我说了这句话，回头看了我一眼，显然又理解错了我的意思。第一箱她就赌气搬了个最大的，那是80厘米×80厘米规格的，一箱足足有90斤。我试过，两个人抬都有些吃力。她个头矮，不能像别人那样背着，只好抱着瓷砖，身子后仰，下巴紧紧顶着，走起来有点摇晃。虽然很吃力，倒也顺利搬到了仓库门口的车厢旁。她停了一下，用右腿顶住，深吸一口气，"嗨"的一声将瓷砖举高了一些，由车上的搬运工接过去。她掸了掸衣襟上的灰尘，扭头看了看我，眼神里有点小得意。

第一车装满的时候，搬运工们突然争抢着往车上爬——他们都想跟车去卸货。卸车和装车的工钱一样，但是比装车轻松多了，需要的人也少，只需要四个就可以，所以最先爬上车的四个人，就算抢到了机会。她的反应明显慢了，等她挤到车厢边，四个胜利者已经在微笑了，有种占了便宜的兴高采烈。

动作慢的人自觉放弃，回来拧开各自的杯子灌一通水，然后有的吵嚷着聊天，有的聚在一起打牌，有的去门外四处看看有没有抽空打零工的机会。她在门口很不甘心地看着车子开出去老远，才慢慢掉头往回走。

我不知道该怎么称呼她，那些男搬运工在背后带着讥笑议论她时，都叫她"那个女的"。他们说她是被从四川拐卖到这边的。

显然，他们对她既排斥又有些同情，他们觉得搬运工是男人做的，她不该来分他们的搬运费，也不该干这么辛苦的活。

我把一个塑料凳子给她，示意她坐下来歇歇："一会儿车还回来，搬这个仓库怎么也得十几车，下一趟再去。"

她勉强笑了笑，没说话。这些搬运工里就她没带杯子，于是我用一次性杯子倒了水给她，她边喝水边谢我。

我说："我昨天见过你，你不是在那个超市门口管理自行车吗，怎么又来干这个？"

她听我这么说，惊讶地挑了挑眉毛，笑了："那个活只干半天，下午4点到晚上11点。上午闲着没事儿，多赚一点是一点嘛。"她很健谈，果然带着些四川口音。后来，她就跟我聊开了。她说她男人年纪大了，身体不太好，也懒，还喜欢喝酒。她有3个孩子，大女儿读大学，从第二学期开始就不让家里给钱了，自己做家教赚学费和生活费。二女儿明年也要高考了，她心气高，只想考北大或清华。就是这小儿子从小被惯坏了，不太听话。

说起女儿时，她一直面带笑容，心疼、欣慰又有点骄傲；说到小儿子叛逆，经常逃课，还跟她顶嘴、吵架，有时还偷钱离家出走时，她突然毫无征兆地哭了。鼻涕眼泪混在一块儿,她一把抹了擦在鞋帮子上。

那姿势、哭腔和表情,几乎跟我妈当年因为我生气时一模一样,所以有那么一瞬间,我很是恍惚,仿佛又在面对伤心的我妈……

后面的几趟车,我跟司机交代了,每趟都让她跟去卸车,而且不用挤在车厢里,就坐在副驾驶的位置上。她很高兴,每次大家吼她,让她动作快一点上车,她都回头感激地朝我笑一下。

她不知道,每次她一朝我笑,我就想哭。

(摘自《读者》2018 年第 4 期)

# 淡季还开着店门的人

张佳玮

您去过旅游淡季的海岛吗？

绝大多数露天经营的店面都关了。老板们如候鸟一般去往他处，经营另一季生意或休息，等旺季重新到来。阳光不那么明媚时，海面笼罩着一层铁灰色，风大，雨多，不至于寒冷，但颇为阴郁。

这种时候，镇上居然还有开着的店，就真是稀罕了。这位老板开的是最普通的吃食店。午饭点儿去，菜单只有一张纸，两面。一面写了沙拉，一面写了肉类的拼盘——后来我发现，晚饭点儿去，也是这么一张菜单。老板递给我们菜单时，先告诉我们："甜品没有，冬天不提供甜品。"他温和地让我们去一个晒得到阳光（如果阳光能破云而出的话）的座位就座，递来饮用水，微鞠一躬离去。

我要了调味沙拉和烤肉。味道意外地好：沙拉爽脆，调味适口；烤肉火候恰好，软硬适度。老板颇为调味汁感到自豪，因为是自己调的——没有旅游胜地味儿。

所谓旅游胜地味儿，大概就是：色彩斑斓的果味、轻盈明丽的甜味，让人想拍照发到社交网络，觉得很适合跟朋友吹嘘，适合搭配香槟和鸡尾酒。而这家则老实得多，烟火气得多。老板也没很殷勤地在桌边转，自己坐在店堂门口，看铁灰色的大海。我跟同行的朋友开玩笑说，这就是淡季味儿——懒得讨好客人的老板。

结账的时候，看着低廉得不对劲的价格，我问老板："冬天挣钱吗？"老板摇头。"那干吗还开着呢？"老板说："因为镇上的人也要吃饭呀！总不能让他们没饭吃。"

隔了三天，第二次去时，老板看看我，认出来了，招呼我落座，还是在有阳光的位置（这天的确有阳光）。点完单后，他打开音乐，还给我端来一份酸奶。在我吃完抬手要结账时，他点点头，出去晃了一圈。回来时，手上端着一个小树桩蛋糕。我问他从哪儿买的。他说是从镇上冬天仅有的一家甜品店里买来的——那是一家开于1912年的甜品店，从没在冬季关过门。老板说，很抱歉店里没甜品，所以买一个作为礼物。我谢了他，夸他很大气。老板笑着说："淡季还开着店门的人，都是这个样子，就想交个朋友。不是为了跟人交朋友，直接回家睡一个冬天多好！"

（摘自《读者》2020 年第 6 期）

# 鲜花课

乔 叶

　　那天出差，在高铁站候车，闲着无事便看着来往的陌生人解闷。忽然，视线里出现一个中年男人，他站在安检区外，正被一群人热热闹闹地包围着送行。告别即将结束时，戏剧性的一幕出现了——一个小美女慌慌张张地跑过去，往他怀里塞了一大捧鲜花。是一束淡黄色的玫瑰，我目测了一下，足有四五十枝，每枝都用淡绿色的彩纸包着，极为悦目。

　　于是，这个男人一手抱着玫瑰，一手拉着箱子，身上还背着一只包。他忙不迭地冲送行的人们挥手告别，进了安检区。看着他在安检机的传送带旁手忙脚乱地挪动箱包和鲜花，我不由得笑起来。

　　鲜花，我也收到过这样的礼物。说实话，这样的礼物是一种漂亮的麻烦。第一次被送鲜花时，我也是两手满满的行李，却还是倍加珍惜地把花抱回了郑州。安检，上车放到行李架上，下车再从行李架上取下来……到家后，鲜花已不复娇艳，我恋恋不舍地端详再三，还是将其扔

086·

进了垃圾桶。

我于是得出结论：鲜花这种东西，收到的时候心情是喜悦的，照相的时候抱着是娇美的，在房间里插着的时候是芬芳的，但在旅程中是令人狼狈的。

因此，当这个带着一股淡淡鲜花芬芳的男人从我身边走过时，我怀着近乎看笑话的心情，观察他会如何处置怀里的鲜花。

只见他走到候车席的一端，站在那里，一脸的严肃。他踌躇了片刻，然后解开花束的包装纸。接下来，他开始将花分送给候车的人们。每人一枝，人人有份。

有老人谦让，说给年轻人吧；也有人谢绝，说手上的行李太多。他也不勉强。事实上，这件事虽然很温馨，但他看起来依然很严肃，一点儿都不热情，还有一些腼腆。不得不承认，这种腼腆在他脸上，显得很可爱。

人群中微微有了波澜，候车席里有越来越多的人看到他，注意到他。

快到我这里了。眼看他离我越来越近，我居然有些紧张，如同小孩子在等待将要分得的糖果。

在我的意识深处，鲜花一直是虚妄的，甚至是所有礼物中最为虚妄的：开得再悦目，也会很快枯萎，然后被扔掉，结局颓然。如同太多稍纵即逝的美好事物，甚至如同人生。

而眼前的这个男人，他想到这些了吗？他一定想到了，而且一定比我想得更深。可是，你看他，他还是把手中的花朵，一枝一枝地送了出去，分享给这些陌生人。在明了虚妄之后，他还有分享的诚意和赠送的热情。而这些鲜花，也托了他的福，在成为垃圾之前，幸福地作为鲜花绽放到最后一刻。

（摘自《读者》2018 年第 7 期）

# 一种怜爱不请自来

钱红丽

动车上，邻座的乘客抱着一个婴儿，不及周岁，剪一个蘑菇头，一双眼睛骨碌碌打量着四周所有人。车子开动，众人被禁锢于各自的座位上，突然安静下来的井然有序，让他颇为不适。对面座位上有人拿出平板电脑埋首于游戏中……婴儿歪着头，手指着那人的电脑，大声嚷嚷，表示自己也要。他母亲轻声呵斥："那是别人的东西！"话音未落，她便站起来，将孩子抱往车厢连接处。

十余分钟后，他们再回来落座时，婴儿已然睡去。被环抱着的婴儿，头朝向我这边。我正在假寐时，忽然传来一阵"啧啧"的响动，睁眼循声望去，原来是婴儿在梦中吮吸安抚奶嘴发出的声响。一个散发着乳香的婴儿，正在梦中吃东西。吮吸三两分钟，突然停下，过一会儿，又吃起来。太有意思了——他的小鼻子随着吮吸的节奏耸动，小额头上匐匐着一层光晕。

他的一只小胳膊伸了出来，小拳头攥得紧紧的。一次次，我克制住抚摸他的冲动。已是黄昏了，我们的车一直往南开，西天的金光美彩一起挤进来，浸染着这个梦中的婴儿，神一样的所在。婴儿的气质充满了神性，因为他的混沌——他哭，他笑，他饿了，他醒来，他在梦中，是天地未开，也是鸟在树上，花在枝上。不及一小时，车子到站，我怅然若失，时间消逝得太过迅疾。

我与一个婴儿的神性发生了深刻的羁绊，欲罢不能。

婴儿有天使的一面，但，更多的是神性的一面，望着他，你不知如何是好，就是把世上所有美好纯洁的词都搬出来也不够。婴儿身上有初来人世的孤单意味，但这种孤单并非孤岛，他并不闭塞，更不禁锢自己，他对一切声光色彩都充满了饱满的爱与好奇。他有无穷的连接性，过去、未来和现在，都紧紧连在一起了，像一条河，永不断流。

整个午后，婴儿沉睡于梦境中，他的神性也将黄昏连接起来了。黄昏在我的认知里，永远遍布诗意。神性与诗意宛如一对孪生姐妹，诗意因为神性的到来而更加圆满，它饱含着抒情性，让人一往无前，无比愉悦。

我的孩子也曾是个婴儿。曾经，围绕他的吃喝拉撒生活的我，疲惫至极，中度抑郁。被俗事困扰的我，一并丢失了灵性，以致错过了他的神性之美。十二年后，终于补回。你看，上天待谁都不薄，它安排一个全新的婴儿重新与我相遇，让我感受到了小小人类的神性之美。

小鸡、小鸭、小鹅、小牛犊、小羊羔、小鹿身上，同样遍布神性之美。当你看着这些自然界中的弱小稚幼，一种怜爱不请自来，仿佛整个世界都安宁祥和了。

（摘自《读者》2021年第14期）

# 好日子

林海音

　　今天是个好日子——爸爸领薪水。

　　我说它是好日子，因为家里的每个人都有亟待实现的愿望寄予今天。

　　早晨妈妈去买菜，刚迈出房门又退回来，望着墙上的美女日历问："今天是几号？"

　　"1号！"我和大哥异口同声地回答——我们对于这个日子有特别的警觉。妈妈听了，若有所悟地点点头走了。

　　晌午，我和大哥都回来得早些，妈妈好像比我们更早，她已经烧好满桌好菜等待爸爸。

　　一文不名却能端出满桌好菜，是妈妈的本事。我们在课堂上念过"泥他沽酒拔金钗"的诗句，是形容一位贤淑的妻子从头上取下金钗，给丈夫换酒请客人。可是妈妈的贤淑还不止于此，我知道她的最后一枚金戒指早在去年换钱给爸爸治病了。我是说，她有赊欠的好本事，当然，她并不是那种不会算计常使债台高筑的女人，她今天能有魄力去赊欠一桌美餐，是因为她对于很快就可以还账有信心。想想看，今天是什么日子？

车铃响三声，是爸爸回家的信号。我抢着出去开门，大哥小心地替爸爸把车子推进来，小妹赶紧接过爸爸的大皮包——今天我们对爸爸都特别殷勤！

大黑皮包沉得小妹扛不动，她直嚷："爸爸好阔啊，皮包这么重，里面到底有多少钱？"

我们听了都轻松地笑了。我们知道爸爸不会有满皮包的钱，但是在这个好日子提到钱，总是令人兴奋的。

我知道爸爸的那个黄色牛皮纸的薪水袋，每逢这个日子，他总是一回家便把它从他的中山装的左上口袋里掏出来，交给妈妈。可是今天爸爸却没有，爸爸仿佛没事人似的，照例坐到饭桌旁他的主位上。

吃饭的时候，我几次回头探望挂在墙壁钉子上的那件中山装，左上口袋好像鼓鼓的，又好像不鼓。我希望那个钉子不牢，爸爸的衣服掉下来，那么我就可以赶快跑去拾起来，顺便看看那口袋里的实际情形。现在我们闷闷地吃着饭，简直叫人沉不住气！

我相信沉不住气的一定不止我一个人，可是我们谁都不开口问爸爸关于薪水的事。

爸爸今天胃口真好，当盛第三碗饭的时候，沉不住气的妈妈终于开口了："你看今天的牛舌烧得还不错吧？"

"相当好！"爸爸咂咂嘴，点点头。

妈妈又说："今天的牛舌才15块钱，不算贵。不过还没给钱呢！"

妈妈说话的技术真了不起！我们的老师教写作文方法时讲过"点

题"，妈妈在学校时作文一定很好，她知道怎么"点题"，引起爸爸的注意。果然，爸爸听见妈妈这么说了后，仿佛想起了一件重要的事。他立刻起身，从挂在钉子上的中山装的左上口袋里掏出那个牛皮纸袋来，放在饭桌上妈妈的面前，说："喏，薪水发了。"

我们的目光，立刻从红烧牛舌上转移到那个纸袋上。上面一项一项写得很明白，什么本俸啦，服装费啦，眷属津贴啦，职务加给啦……名堂繁多，加到一起一共376.56元，还是那个老行市！爸爸是荐任6级，官拜科长。

我们的家庭是最民主的。妈妈一面打开薪水袋，一面问大哥："你说要买什么来着？"

大哥一听，兴奋得满脸发光，两只大巴掌搓着："仪器一盒，大概150块，上几何课总跟同学借，人家都不愿意；球鞋也该买了，回力40号的36块；还有，还有……"大哥想不起来了，急得直摸脑袋，"嗯，还有，头发该理了，三块五。"

"你呢？"妈妈转向我。

"我？一支自来水笔，爸爸答应过的，考上高中就送给我，派克21的好了，只要90多块；天冷了学校规定做黑色外套，大概要70块；还有，学校捐款劳军，起码5块。"我一口气说完了，静候发落。

妈妈听了没说什么，她把薪水袋一倒提溜，376.56元全部倾泻出来。她做一次摊牌式的分配，一份一份数着说："这是还肉店的，这是还张记小店的，这是电灯费、水费，这是报费，这是户税，这是……"

眼看薪水去了一大半，结果她还是数了3张小票给大哥："喏，理发的钱，拿去。"

又抽出一张红票子给我："这是你的学校捐款5块。"

妈妈见我和大哥的眼睛还盯住她手里的一小沓票子，又补了一句："剩下要买的，等下个月再说吧！"

妈妈又转向爸爸，爸爸正专心剔他牙缝里的肉丝，妈妈把手中的票子晃了晃，对爸爸说："我看你的牙，这个月也拔不了吧？"

爸爸连忙说："没关系，尚能坚持！尚能坚持！"

妈妈刚要把钱票收起来，忽然看见桌旁还坐着一个默默静观的小女孩。

"对了，还有你呢，你要买什么？"妈妈问小妹。

小妹不慌不忙地伸出她的一个食指来，说："一毛钱，妈妈，抽彩去！"

妈妈笑了，一个黄铜钱立刻递到小妹的手里——今天只有小妹实现了全部愿望。

（摘自《读者》2018 年第 2 期）

# 陪护老董

明前茶

中午热饭的时候，陪护老江发现老董的眼白已被血丝占满，脸颊塌陷，脸色发灰，就问了一声："昨夜你那病人的状况又不好了？"

老董默然点头："打过退热激素后，出了一夜的汗，我帮他擦了六回身，换了六套病号服。他神志清楚时，开始跟我说他小时候的事情。咱这活计干久了，都明白，绝症病人一回忆小时候，就是斗不过这病了。"

每个陪护都神色黯然，失去了寻开心的心思。他们大都是安徽一个县里出来的。十几年前，第一个到医院里干陪护的人，过年带足了孩子的学费和长辈的零花钱回家，还有余钱把家里的房子修一修，引来了不少羡慕的眼光。

但是老董说："累啊。"

为了看护眼前这病人，他已有十天没洗澡了，胡茬儿冒出来半寸长。

老董替病人擦澡，一面哄他配合，一面调侃自己："你看，马老师，你倒是干干净净，跟《西游记》里的唐僧一样，我这模样，现在能演《西游记》里的开路小妖了。"

病人难得地露出一丝笑，看了让人心里发酸："老董，我这唐僧要是能逃过这一劫，出院了请你吃大餐。"

老董非要跟病人拉钩："你可要快点好起来，我可等着你的大餐呢。"

隔壁床的老头以羡慕的口气问病人的娘："你们打哪儿找来这样尽心的陪护啊。昨晚上我睡不稳，醒了好几次，只要我一翻身，老董就起来看你家儿子的动静。你看他这两眼熬的。难得的是，老董这么累，还有心思跟他开玩笑。"

老太太含泪点头："如今也只有老董能逗乐他了。"

老董一直陪护马老师到最后一刻。那会儿老董已经缺觉缺得走路打趔趄，看所有的方砖地都高低不平。他说要回老家休整几天，修面理发，把自己拾掇整齐了再接手下一个病人："咱这模样，会让重病号的家属心里打一哆嗦。"

临行时，马老师的妻子把老董叫到病房走廊上，递给老董三张餐券："小马还能说话时托付我的，他说，老董，我欠他一顿大餐呢，可惜啊，我不能陪他吃了。"

# 姑姑的礼物

蒋　韵

　　2017 年 10 月双节假期，我回太原家里为父亲庆寿。按农历的纪年方式，父亲今年 90 岁了。虽然我父亲这些年重病在身，且病居重症监护室已有数月，但人生能有几个 90 岁？所以，我们还是为父亲张罗了一个小规模的寿宴。

　　小姑姑一家就是从唐山来为她的二哥庆寿的。

　　小姑姑每次来探亲，大包小包，永远带着一大堆礼物。这次也不例外，带了渤海湾的各种海产品，还有极新鲜的河蟹。此外，有一包东西，打开来，是两本旧书，一本是 20 世纪三四十年代出版的"沙漠丛书"中的一册，掉了封面，名字不详；另一本，则是凌叔华的小说集《花之寺》，新月书店出版，看版权页，上面印着的出版日期是 1928 年，也就是说，它和我父亲同庚，90 岁了。

打开封面，扉页上有钢笔字迹，写的大概是购书的日期：1944 年 3 月 28 日。书的主人，是我父亲和姑姑的大哥，也就是我的大伯父。

原来，小姑姑是带着他们的同胞兄弟，来参加这个亲人的团聚宴的。

我大伯父，是我们家一个近似传说的存在。我和弟弟很小的时候就听过这样的故事：大伯父当年在北京读书，学医，毕业后做了医生。可是没过多久，却突发疾病，亡故于北京。那是抗战胜利后，40 年代下半叶的事。没人敢把这样的噩耗告诉我的祖母。于是，全家人合力，共同欺骗着这个失去长子的母亲。好在，祖母目不识丁，所以，她在一如既往地念叨儿子的时候，在牵挂思念儿子的时候，总会接到一封伯父的来信。姑姑和叔叔们，把这虚构的远方来信一字一句读给祖母听，在信中，他们编织着各种美好的谎言。正值内战期间，一个人，久久不归，只有问安的书信，并非一件不能解释的事情。就这样，直瞒到我的祖父去世，身为长子的伯父不能前来奔丧，事情方真相大白。

祖母的天塌了。

年幼时，听家人们讲这些陈年旧事，我和弟弟就像是在听一段遥远的故事，不知轻重。我俩问祖母："奶奶，你怎么这么傻啊？"祖母不言不语。祖母的伤心、难过从不出现在脸上，我们看不见，就以为没有。几乎从没有听祖母提过伯父，家里也看不见一张这个亡人的照片。直到我 14 岁那年的夏天，祖母和我们姐弟要乘火车去唐山探望小姑姑，在北京中转逗留。临行前一天，我在家里一个放杂物的小螺钿匣子里找东西，突然看见一张小照片，是那种证件照，照片上的人我不认识，弟弟也不认识。拿给父亲看，父亲说："咦，这张照片怎么会在那里？"原来，这个人就是大伯父。年轻英俊的大伯父，传说中的大伯父，就这样，匪夷所思地和我见面了。没人知道他是怎么来到那小小的匣子里的，那原本是一个家人常常翻弄的匣子。那天晚上熄灯后，祖母在黑暗中说了一句："他是知道我要去北京了……"

也许，就在那时，我突然意识到，这个早已亡故的人，是一个亲人。

直到今天，我们也始终不知道，伯父究竟葬于何处。曾经问过父亲，在他尚壮硕、清醒的盛年，竟也说不清。当年的一切，已经没人说得清了。比如，伯父究竟死于何病？比如，家族中谁去北京料理了他的后事，又或者，正值内战，根本就没人能去千里之外的异地为他送行？起初，为了隐瞒祖母，大家闭口不谈这些细节，而后来，了解这一切的人，一个一个，离开了这个世界。于是，伯父的死，就成了一个谜。这些年，每到清明，我和丈夫的家人一起，去给我的公公和婆婆扫墓时，我会有一种深深的悲凉。我想，从来没有一个亲人，为我的大伯上过坟吧。孤魂野鬼，说的大概就是他了吧。

大伯去世时，小姑姑还是一个稚龄女孩儿，四五岁光景，但在所有的兄弟姐妹中，她和这个大哥最亲。一个是长兄，一个是幼妹，两人相差近20岁，大哥对她，有一种宠溺的爱。这个大哥，原本是整个家族的骄傲，这个家族，在中原古城开封，创建了第一家西医院。当时在北京读医科的大伯，无疑被家族长辈寄予厚望，也必然受到弟妹们尊敬。可他对小姑姑这个天真烂漫的幼妹，百依百顺，放假回家，妹妹让他讲故事，他就讲故事，让他吹口琴，他就吹口琴，让他扎小辫，他就给她笨手笨脚地扎。开学了，妹妹说："大哥，你别走。"他没有依她，走了，再也没有回来。

起初，她不知道发生了什么事。后来，知道了。为了不让我祖母触景伤情，家里人偷偷烧掉了大伯的照片、衣物。但总有漏网之鱼，比如，那张躲在螺钿匣子里的小照，比如，在几十年后和我相遇的那两本旧书。

这书，是我姑姑的宝。她一直珍藏着它们，搬家、迁徙，从中原到黄土高原，从黄土高原到渤海之滨，不离不弃。1966年，"破四旧"，惶恐中，目不识丁的祖母把家里的旧书偷偷付之一炬，而这两本书，被我姑姑悄悄地藏在了她睡觉的枕套里，她枕着它们，枕着她大哥最后的痕迹——这是她亲爱的大哥在这个世界上存在过的唯一证据。

后来她参加工作，离开我祖母，离开我们这个家，去往唐山，做了一名高炉前的炼钢工人。她学冶金，她是兄弟姐妹、堂兄堂姐妹中唯一一个没有学医的人，似乎，她离她的长兄最远，可唯有她，保存着那证据：他的书，他留在扉页上的字迹。大地震到来时，她已是3个孩子的母亲，她从废墟中扒出了她的儿子，扒出了邻居，扒出了更远的街坊。大雨之中，她全部的手指鲜血淋漓。终于，有一天，她扒出了她最珍视的那两本书，它们完好无损，她哭了。

从前，从唐山到太原，乘火车，天亮时，远远地能看到车窗外巍然挺立的双塔，那是太原的标志，看到它，就知道到家了。这一次，我姑姑一家给我父亲庆寿，仍然是坐了夜行的火车。天蒙蒙亮时，我姑姑就趴在车窗上向外眺望。她望了很久，并没有看到她想看的景色。她遗憾地在心里说了一句："大哥，抱歉，现在看不到双塔了。"

她和大哥一起回家。

# 一对金手镯

琦 君

　　我心中一直有一对手镯，是软软的赤金色，一只套在我的手腕上，另一只套在一位亲如同胞的异姓姐姐手腕上。

　　她是我乳娘的女儿阿月，和我同年同月生，她生于月半，我生于月底，所以她就取名阿月。周岁前后，这一对"双胞胎"就被同一位慈母抱在怀中，挥舞着小拳头，对踢着两双小胖腿，吮吸丰富的乳汁。因为母亲没有奶水，所以把我托付给三十里外乡村的乳娘。一岁半以后，伯母坚持把我抱回来，于是我和母亲被接到杭州，这一对"同胞姐妹"就此分了手。临行时，母亲把舅母送我的一对金手镯取出来，一只套在阿月的手上，一只套在我的手上，母亲说："姐妹俩都长命百岁。"

　　到了杭州，大伯看我像黑炭团，塌鼻梁加上斗鸡眼，问伯母是不是错把乳娘的女儿抱回来了。伯母生气地说："她亲娘隔半个月就去看她一次，怎么会错？"母亲解释说："小东西天天坐在泥地里吹风晒太阳，怎么能不黑？斗鸡眼嘛，一定是二人对坐着，白天看公鸡打架，晚上看菜油灯花，把眼睛看斗了，阿月也是斗的呀。"说得大家都笑了。我渐渐长大，皮肤不那么黑了，眼睛也不斗了，伯母得意地说："女大十八变，说不定将来还会变观音面哩。"可是，我仍常常被伯母和母亲当笑话谈论着，每回一说起，我就吵着要回家乡看姐姐阿月。

　　7岁时，母亲带我回家乡，第一件事就是去看阿月，把我们两个人谁是谁搞个清楚。乳娘一见我，眼泪扑簌簌直掉。我心里纳闷：你为什么哭，难道我真是你的女儿吗？我和阿月各自依在母亲怀中，远远地对望着，彼此都完全不认识了。我把她从头看到脚，觉得她没我穿得漂亮，皮肤比我黑，鼻子比我还扁，只是一双眼睛比我的大，直瞪着我看。乳娘过来抱我，问我记不记得吃奶的事，还絮絮叨叨说了好多话，我都记不得了。那时我心里只有一个疑团，一定要直接跟阿月讲。吃了鸡蛋粉丝，两个人不再那么陌生了，阿月拉着我到后门外的矮墙头坐下来。她摸摸我的粗辫子说："你的头发好乌啊。"我也摸摸她细细黄黄的辫子说："你的辫子像泥鳅。"她噘了下嘴说："我没有生发油抹呀。"我连忙从口袋里摸出个小小的瓶子递给她说："给你，香水精。"她问："是抹头发的吗？"我说："头发上、脸上、手上都可以抹，好香啊。"她笑了，她的门牙也掉了两颗，跟我一样。我顿时高兴起来，拉着她的手说："阿月，妈妈常说我们两个被抱错了，你是我，我是你。"她愣愣地说："你说什么我不懂。"我说："咱俩不像双胞胎吗？大妈和乳娘都搞不清楚谁是谁了，也许你应当到我家去。"她呆了好半天，忽然大声地喊："你胡说，你胡说，我不跟你玩了！"说完，她就掉头飞奔而去，把我丢在后门外，我骇得哭了起来。母亲跑来带我进去，怪我做客人的怎么跟姐姐吵架，我愈想愈伤心，哭得抽抽噎噎说不出话来。乳娘也怪阿月，并说："你看小春如今是官家小姐了，多斯文呀。"听她这么说，我心里好急，我不要做官家小姐，我只要跟阿月好。阿月鼓着腮，还是很生气的样子。母亲把她和我都拉到怀里，捏捏阿月的胖手，她手上戴的是一只银镯子，我戴的是一对金手镯。母亲从我手上脱下一只，套在阿月的手上说："你们是亲姐妹，这对金手镯，还是一人一只。"乳娘说："以前那只金手镯，我收起来等她出嫁时给她戴。"乳娘从蓝衫里掏了半天，掏出一个黑布包，打开取出一块亮晃晃的银圆，递给我说："小春，乳娘给你买糖吃。"我接在手心里——还是暖烘烘的——眼睛看着阿月，阿月忽然笑了。我好开心。两个人手牵手出去玩，我再也不敢提"两个人被抱错"那句话了。

我在家待到 12 岁才再去杭州，但和阿月却不能时常在一起玩。一来因为路远，二来她要帮妈妈种田、砍柴、挑水、喂猪，做好多好多的事，而我天天要背古文，不能自由自在地跑去找阿月玩。不过逢年过节，不是她来就是我去。我们两个肚子都吃得鼓鼓的，跟蜜蜂似的，彼此互赠了好多礼物：她送我用花布包着树枝的坑姑娘（乡下女孩子自制的玩偶）、从小溪里捡来的均匀的鹅卵石、细竹枝编的戒指与项圈；我送她大英牌香烟盒、水钻发夹、印花手帕；她教我用指甲花捣出汁来染指甲。两个人难得在一起，真是有说不完的话。可是我一回到杭州，彼此就断了音信。她不认得字，不会写信。我有了新同学也就很少想起她。但每当我整理抽屉，看见阿月送我的那些小玩意时，心里就有点怅惘。我一天天长大，自己没有年龄接近的姐妹，就不由得时时想起她来。

再见时，母亲双鬓已斑白，乳娘更显得白发苍颜。乳娘紧握我的手，她的手是那么粗糙，那么温暖。她眼中泪水滚落，只是喃喃地说："回来就好，回来就好，总算我还能看到你。"我鼻子一酸，也忍不住哭了。阿月早已远嫁，正值农忙，不能马上来看我。十多天后，我才见到记忆中的阿月。她背上背着一个孩子，怀中抱着一个孩子，一袭花布衫裤，泥鳅似的辫子已经盘在后脑。18岁的女孩已经是两个孩子的母亲了。我一眼看见她左手腕戴着那只金手镯，我却嫌土气没有戴，心里很惭愧。她竟喊了我一声："大小姐，多年不见了。"我连忙说："我们是姐妹，你怎么喊我大小姐？"乳娘说："长大了要有规矩。"我说："我们不一样，我们是吃您的奶长大的。"乳娘说："阿月的命没你好，她14岁就做了养媳妇，如今都是两个女儿的娘了。只巴望她肚子争气，快快生个儿子。"我听了心里好难过，不知怎么回答才好。

当晚我和阿月并肩躺在大床上，把两个孩子放在当中。我们一面拍着孩子，一面聊着别后的情形。她讲起婆婆嫌她只会生女儿就掉眼泪，讲起丈夫，倒露出一脸含情脉脉的娇羞，真希望她婚姻美满。我也讲了一些学校里有趣的故事给她听，她有时咯咯地笑，有时眨着一双大眼睛出神，好像没听进去。我忽然觉得我们虽然靠得那么近，却完全生活在两个世界里，我们不可能再像我第一次回家乡时那样一同玩乐了。我跟她说话的时候，都得想一些比较普通，不那么文绉绉的字眼来说，不能像跟同学一样，嘻嘻哈哈，说什么彼此马上就懂。我呆呆地看着她的金手镯，在橙黄的菜油灯光里微微闪着亮光。她爱惜地摸了下手镯，自言自语道："这只手镯，是你小时候回来那次，太太给我的。周岁给的那只已经卖掉了。因为爸爸生病，没钱买药。"她说的太太指的是我母亲。我听她这样称呼，觉得我们之间的距离又远了，只是呆呆地望着她没作声。她又说："爸爸还是没救活，那时你已去了杭州，我想告诉你却不会写信。"她爸爸长什么样子，我一点印象都没有，只是替阿月难过。我问她："你为什么这么早就出嫁？"她笑了笑说："不是出嫁，是我妈叫我过去的。公公婆婆借钱给妈做坟，婆婆看我还会帮着做事，就要了我。"说这些话的时候，她的眼睛一直半开半闭的，好像在讲一个故事。过了一会儿，她睁开眼来，看看我的手说："你的那只金手镯呢？为什么不戴？"我有点愧赧，讪讪地说："收着呢，因为上学不能戴，也就不戴了。"她叹了口气说："你命真好，能去上学。妈说得一点不错，一个人注定的命，就像钉下的秤，一点没得翻悔。"我说："命好不好是由自己争的。"她说："怎么跟命争呢？"她神情有点黯淡，却仍旧笑嘻嘻的。我想，如果不是同吃她母亲的奶，她也不会有这种比较的心理，所以还是别把这一类的话跟她说得太多，免得她知道太多了，以后心里会不快乐。人生的际遇各有不同，我们虽曾同在一个怀抱中吃奶，我却因家庭背景较好，有机会接受教育。她呢？能安安分分、快快乐乐地做个孝顺媳妇、勤劳妻子、生儿育女的慈爱母亲，就是她一生的幸福了。

婴儿啼哭了，阿月把她抱在怀里，解开大襟给她喂奶。她用手轻轻拍着，全神贯注地注视着婴儿，一脸满足的样子。我真难以相信，眼前这个只比我大半个月的女孩子已经是一位成熟的母亲了。而我呢？除了啃书本，就只会跟母亲闹别扭，跟自己生气，我感到满心惭愧。

阿月已很疲倦，拍着孩子睡着了。乡下没有电灯，屋子里黑洞洞的，只有床边菜油灯微弱的光摇曳着，照着阿月手腕上黄澄澄的金手镯。我想起母亲常说的，两个孩子对着灯花把眼睛看斗了的笑话，也想起小时候回故乡，母亲把我手上一只金手镯脱下，套在阿月手上时慈祥的神情，真觉得我和阿月是紧紧扣在一起的。

阿月第二天就带着孩子匆匆回去了。仍旧背上背着大的，怀里抱着小的。一个小小的妇人，显得那么坚强、那么能负重任。我摸摸两个孩子的脸，大的向我咧嘴一笑，婴儿睡得好甜，我把脸颊凑过去，一股子奶香。我说："阿月，等我大学毕业，做事挣了钱，一定接你去杭州玩一趟。"阿月笑笑，眼睛湿润了。母亲忽然想起一件事来，急急跑上楼，取来一个小小的银质铃铛。她用一段红头绳把铃铛系在婴儿的手腕上，说："这是小春小时候戴的，给她吧。等你生了儿子，再给你打个金锁片。"母亲永远是那般仁慈、细心。

我回到杭州以后，不时取出金手镯，套在手腕上对着镜子看一会儿，又取下来收在盒子里。这时候，金手镯对我来说，已不仅仅是一件纪念物，而是紧紧扣住我和阿月这一对"同胞姐妹"的一样摸得着、看得见的东西。

可是战时为了生活，万不得已中，金手镯竟被我拿去变卖，化作金钱救急。记得我拿着金手镯到银楼去换现款的时候，竟连一点感触都没有，难道是离乱丧亡，已使此心麻木不仁了？

与阿月一别已近半个世纪，母亲去世已 35 年，想来乳娘亦不在人间，金手镯也化为乌有。可是光阴逝去，忘不掉的是点滴旧事，忘不掉的是梦中的亲人。阿月，她现在究竟在哪里？她过的是什么样的日子？她的孩子又怎样了？她那只金手镯还戴在手上吗？

但是，无论如何，我心中总有一对金手镯，一只套在我手上，一只套在阿月手上，那是母亲为我们套上的。

（摘自《读者》2017 年第 16 期）

# 最后的牵手

雷抒雁

这一次，是父亲的手握在母亲的手里。

这是一双被岁月的牙齿啃得干瘦的手：灰黄的皮肤，像是陈年的黄纸，上边满是渍一般的斑点；不安分的青筋，暴突着，略略使皮与指骨间，有了一点点空隙。那些曾经使这手显得健壮有力的肌肉消失了。这是疾病长期折磨所雕琢出来的作品。

可是，母亲仍然紧紧地握着这手。很久都是相对无言。突然，母亲感到那手在自己手心里动了一下，便放松了它。那手立即像渴望自由的鸟，轻轻地转动一下，反握住她的手。

"要喝水吗？"母亲贴近他的脸低声地问。

父亲不回答，只是无力地拉着母亲的手。母亲知道，父亲实在是没有力量了，从那手上她已感到，生命准备从这个肉体上撤离。不过依着对五十多年来共同生活的理解，她随着那手的意愿，追寻那手细微的指向，轻轻地向他身边移动着。到了胸前，她感觉到父亲的手指还在移动。又移到颈边，那手指似乎还在命令：前进！不要停下来！

母亲明白了，全力握紧那干枯的手，连同自己的手，一齐放在父亲的唇上。那干枯的手指不动了，只有嘴唇在轻轻嚅动。有一滴浑浊的泪从父亲灰黄多皱的脸颊上滚落下来。

许多记忆一下子涌上母亲的心头。从这两双手第一次牵在一起的时候，父亲就这样大胆而放肆地，把母亲纤细的手拉到自己的唇边。那时，父亲的手健壮、红润而有力量。母亲想挣脱他的手，但像被关在笼子里的鸟，冲不破那手指的门，直到母亲心甘情愿地让自己的手停留在他的唇边。

这两双手相牵着，走过一年又一年，直到他们的子女一个个长大，飞离他们身边。贫困的时候，他们坐在床边，父亲拉过母亲的手放在自己的唇边；苦难的时候，他也拉起她的手放在自己的唇边。手指好像是一些有灵性、会说话的独立生命，只要握在一起，加上轻轻一吻，就如同魔法师吹了一口神奇的气，什么都有了。信心、勇气、财富，一切都有了。

他们有时奇怪地问对方：什么叫爱情？难道就是这两双手相牵，加上轻轻一吻？或许这只是他们自己独特的方式。

可是，他们彼此听得懂这手的语言：关切、思念、幽怨、歉意、鼓励、安慰……现在，生命就要首先从他的一双手中滑落，到尽头了。曾经有过的青春、爱情，曾经有过的共同的幸福记忆，都将从这一双手开始远去了。

母亲的手在父亲的唇上只停留了短暂一瞬，便感到那只干枯的手不再动了，失去了温度。屋子里突然一片静寂，原来，那咕咕作响的氧气过滤瓶不再作声了。时间到了！

  母亲没有落泪，站起身来，看着那一张曾经无比熟悉、突然变得陌生的脸，慢慢抓起父亲的手，轻轻地贴在自己唇边。她觉得沿着手臂的桥，那个人的生命跑了过来，融汇在自己身上。

  母亲相信自己不会孤单，明天，依然会是两个生命、两个灵魂面对这同一个世界。

（摘自《读者》2018 年第 8 期）

# 独自老去

张　瑞

## 缓慢的含义

文洁若老师 94 岁了。她每天早晨 6 点起床，8 点开始工作。

她在做翻译。自己到底翻译过多少日文书？她记不清了，大名鼎鼎的川端康成、芥川龙之介的作品当然翻译过，并不那么为人所知的三浦绫子、佐多稻子之类的作家，也能排出一串。现在，她已经成为中国翻译日本文学最多的人。

文洁若不会用电脑，她还保留着最传统的写作方式——要修改时，用剪刀剪下指甲盖大小的白纸，用胶水工整地贴在原处。可以想象，这让她的翻译变得愈加缓慢。

以缓慢的速度，2020 年，文洁若在翻译太宰治的作品。她匍匐在书桌前一日又一日，稿纸就积了厚厚一沓。

文洁若是已故作家、记者萧乾先生的妻子。

萧乾还在世的时候，家里的访客总是络绎不绝，文化名人、青年学者、传记作家，都是来找丈夫的。与丈夫和他的同辈友人相比，她才是那个带来青春气息的人。那是一段快乐而热闹的时光。一位电台记者记下了来访的情景。

萧先生对文先生说："洁若，穿上你的漂亮衣裳！"文先生立刻跑回卧室，换了一件色彩鲜艳且有流苏装饰的上衣，还涂了口红。

萧乾去世后，曾经络绎不绝的访客少了许多，家里冷清下来。她以一种毫不拖泥带水的态度向丈夫的"身外之物"告别。萧乾的手稿、信和照片交给图书馆，内蒙古大学建了一座萧乾文学馆，她就邀请他们来家里挑选可资纪念之物。

她一个人住，以翻译为乐，以书为伴。房子老了，她也老了。房中寂静，只有笔头作响，在漫长的一生中，这大概是唯一一整天都可能没有人和她说上一句话的 20 年。丈夫去世了，子女远在国外，她一个人生活。

她把所有精力都贡献给了工作，前来拜访的人总会震惊于房间里的杂乱，到处都是书。她在书与书的包围中曲折穿行，碎步儿无声，就像一只上了年纪，却依然不失优雅的猫。

"我一个人过得挺好。"文洁若说，"还有翻译工作要做。"

## 追赶太阳

"我的英文名是 Maggie，我就叫萧乾 Tom，因为有一个小说，乔治·桑写的，里面有一对兄妹叫这两个名字，我们也这么相称。"在一个冬日的下午，老人开始翻检记忆，仿佛从旧时光的口袋里掏出糖果。

她很少聊起自己，总是聊到丈夫。一方面是习惯使然，即使丈夫去世后，来家里的人也多是为了听她说说萧乾的故事。人们对她丈夫比对她更感兴趣，她早已心知肚明。

另一方面，她是发自内心觉得自己的人生无话可说。"我没什么了不起的事，萧乾那才叫有意思。钱锺书说他有才华，关于我，钱锺书可一句话都没说，见没见过都不记得呢。"这么说的时候，你不会从她的语气里感到一丁点儿不满。丈夫有天分，她比不上，他是主角，自己是配角，但这不妨碍她有着不以工作为苦的自得其乐。

客厅的正墙上，是一幅翻拍的萧乾先生的黑白照片，不过不是他老年的样子，而是1942年，32岁的萧乾在剑桥大学的留影。那是一个文洁若自己都没见过的青年时代的丈夫，在英格兰的艳阳下，歪着头露出顽皮的笑容。照片正对书桌，她也就日复一日在丈夫的微笑中努力工作。

丈夫比她大17岁，与她结婚前，早已成名。他是写出《红星照耀中国》的埃德加·斯诺的学生，与沈从文有师生之谊，和巴金是挚友，冰心叫他小名"饼干"。他出版过小说，翻译过小说，在复旦大学当过老师，还是"二战"中西欧战场上唯一的中国记者。

他们是通过翻译结缘的。20世纪50年代初，文洁若梳着双马尾辫，是刚入职的小编辑，向萧乾请教一个翻译难题，萧乾给了她满意的解答。她写信夸对方造诣不凡，不留神"造诣"写成了"造脂"，萧乾看了就笑："呦，我可够胖了，再'造脂'还得了。"

他们在1954年结婚，新婚之夜，新娘还在灯下看校样。萧乾对妻子说："你好像到这世间就是来搞翻译的。"

文洁若说，这些年有时会梦见丈夫，但不是客厅照片里青春正好的萧乾，而是那个她最熟悉的满头白发的老头儿。

"他就在书桌旁坐着，没说话，好像在等你赶紧说完，他好继续工作。"文洁若说着，笑起来，"反正在我的梦里，他还活着，并且在工作。"

许多光阴被无意义地消磨，他们并不甘心。在决定翻译有"天书"之称的《尤利西斯》时，萧乾80岁，文洁若退休一个月。

一开始萧乾不想译，要"自讨苦吃"的是文洁若。

而萧乾在文章里说，他后来同意翻译，是因为文洁若，怕她一个人翻译，累死了让人笑话。

于是有5年时间，一对老夫妻，每天5点起床工作，文洁若主译，每翻译完一章交给丈夫修改。他们约定每天不翻译完一页原文不睡觉。许多个早晨，萧乾想多睡会儿，文洁若就站在床边数"1、2、3"。他们从古英语中找注释，从其他书籍里找灵感，过程艰苦得让脑细胞排队自杀，但后来他们说，那是两个人在一起最快乐的5年。

一对老人拼尽全力，想要追赶时间，就像和太阳赛跑，直到其中一人先到达生命的终点。

"萧乾想写到最后一天。"如今回忆往事，94岁的文洁若语气温柔，"他昏迷前还拿着笔，算是做到了。"

以后的20年，便剩她一个人继续工作，继续追赶太阳。

## 活下去

似乎只要活得足够长，就会与遥远的往事不期而遇。当文洁若一个人守在老房子里时，有一天，久未谋面的外甥女来找她，手里拿着一沓泛黄的信纸。那是在一间旧阁楼里发现的，阁楼的主人早已过世，打扫的人发现了一整沓 80 年前写给阁楼主人的情书。写信的人，是她的二姐。

在文洁若的书桌上，一直摆着一幅幼年时的全家福。那时她的父亲还是驻日外交官，他们一家生活在日本。照片里有父母、大姐、三姐、四姐，两个幼弟和自己，但没有二姐。因为在文洁若 7 岁的时候，19 岁的二姐和阁楼的主人——她的老师，私奔了。父亲一怒之下登报与二女儿断绝了父女关系，举家迁往日本。在日本时，他们收到二姐的死讯。在死前，二姐诞下一个女婴。

文洁若将这些情书交给一位相熟的编辑，托他出版成书。于是在 21 世纪，当年的"五妹"已经成了老太太的时候，永远年轻的二姐成了一本书的作者。

文洁若 1927 年出生在一个书香门第，祖父是清朝的进士。在旧时代，文家的女儿接受了最好的教育，除了高中没念完就离世的二姐，四姐妹都读了大学。

如今，垂垂老矣的文洁若喜欢以夸耀的语气回忆几个姐姐。大姐是文家女儿中唯一会写小说的，小说发表在《国闻周报》上，后来她才知道当时的编辑就是丈夫萧乾；二姐学法文，自然最浪漫、最有勇气，她为了爱情不惜与家庭决裂；三姐最潇洒，戴一顶贝雷帽，骑自行车上学，因为成绩优异被辅仁大学免试录取；四姐和自己长得最像，但四姐是天才，会五国语言，还会拉丁文，能弹钢琴，会作曲。

但后来，曾经的五姐妹都离散了，大姐只身去了异国他乡，再没有写小说；二姐早亡，一张相片也没有留下来；四姐因为二姐的去世对人生充满幻灭感，年纪轻轻就入了修道院，22 岁就死了；三姐在 19 岁的时候摔伤了腿，在床上一躺就是 17 年，能站起来的时候，青春都消散了。

三姐死后，文洁若才知道，三姐像二姐一样，也有过一个恋人，但父亲知道后把家里闹得天翻地覆，两个人断绝了联系。后来，三姐的腿摔坏了，心上人投笔从戎，他们的人生再无交集。两个人再见面时，已经是半个世纪后，心上人儿孙满堂，而三姐一辈子没有结婚。

"我是家里最笨的那一个。"文洁若说，这不是谦虚。如果说她有着比姐姐们更多的成绩，那只是因为她一直活着，还可以继续努力，这就是她的幸运。"活下去"是反抗、是希望，"活下去了"是运气，也意味着肩负了全力以赴的义务。

丈夫走了，五姐妹只剩下她一人。她用自己的方式怀念他们，她给萧乾编全集，给二姐出书，将自己的译本以三姐的名字发表，给孙女取名Sophie，那也是一个姐姐的名字。

而最佳的怀念方式，自然是继续工作。


## 较　量


许多拜访过她的人，都听她说过要活到113岁的目标。她已经计划好了，翻译到100岁，然后估计脑子不够用了，再开始写回忆录。旁人委婉地提醒她，现在动笔也可以，但她从不为所动。

作为一个94岁的老人，文洁若的身体状况堪称优秀。她的图书编辑李若鸿每年会陪她去做体检，除了眼睛，一点问题都没有。

这20年，文洁若说她从不感到孤独。她不像一般的老人，愈到晚年愈渴望家人的陪伴。萧乾去世后，她原本答应去儿女所在的美国，但那年发生了"9·11"事件，这就让她有了不去的借口，她告诉儿子萧桐，说她乘的飞机准得掉下来。

但一点儿孤独感都没有吗？李若鸿说，大概还是有的，她只是不表露出来。虽然她不主动给儿女打电话，但接到他们的电话，她也很开心。2020年，她每天看报纸，关心美国的疫情。她不是不想他们，只是不想离开这间旧屋子，离开她的工作。

"她不信能在海外做她在国内做的事儿。我猜她更怕失去各种联系、熟悉的语言环境，变成无关紧要的'普通人'。"萧桐说。

萧桐认为，母亲的一生是勤奋的一生。她曾经将全部精力奉献给丈夫、家庭，如今她想献给自己的工作。

于是，没有什么能阻止文洁若继续努力工作。她全身心投入其中，既得宁静又得幸福。

在她最满意的翻译作品——日本小说《五重塔》里，她曾经用优美的语言道出作者的感叹：

人之一生莫不与草木同朽，一切因缘巧合都不过浮光掠影一般，纵然惋惜留恋，到头来终究是惜春春仍去，淹留徒伤神。

那该怎么办呢？

既不回顾自己的过去，也不去想自己的未来……在这鸡犬之声相闻、东家道喜、西家报丧的尘世中，竟能丝毫不分心，只是拼死拼活地干。

（摘自《读者》2021年第7期）

# 永是有情人

琦　君

去邮箱取信时，遇到邻居老太太。她亲切地拉着我的手，和我聊了好半天。

深秋的寒风吹拂着她的白发，她拉了拉围巾，神情黯淡地说："以前都是我那老伴儿出来拿邮件，他就趁机站在外面抽一支烟，抽完了才回来，因为我不让他在屋子里抽烟。现在想想真后悔，他就这一点点嗜好，我为什么不让他舒舒服服地坐在家里抽烟呢？"

她想起去世将近两年的老伴，眼中汪着泪水。"头白鸳鸯失伴飞"，她心中的哀痛可想而知。虽然她的女儿们周末都会回来探望她，但是夫妻情终究是无可替代的。

夫妻间的相依相守，年少时是情深似海，到了老年则是义重如山。由海的波澜壮阔到山的稳重不移，是要用尽一生来体认的。

总记得当年母亲说过的一个比喻。她说："夫妻间的亲密，就像牙齿和舌头。舌头常常被牙齿咬出血来，但过一会儿又会自然好了。"我当时听了却生气地说："爸爸远在外地，离你十万八千里，连信都很少写给你。有什么牙齿把舌头咬出血来的事呢？"母亲淡然一笑，说："离远点也好，眼不见，心不烦，有你就好了。"

母亲内心在婚姻上所受的痛苦，岂是我这少不更事的女儿所能体会的？想想母亲一生都在忍与等——忍受丈夫对她的冷落，却又等待他的归来。令人痛心的是，父母亲一生都没交谈过多少话，可是父亲临终时，紧握不放的却是母亲的手。那最后的一握，包含了多少忏悔，多少情意？

那是旧时代的婚姻悲剧，令人不可思议。如今，有的少男少女由两心相悦而同居、试婚、结婚，而至离婚，由相敬如"宾"到如"冰"，似都不足为奇。是多变的社会形态、淡漠的人情使人们不再重视婚姻与夫妻情呢，还是"山盟海誓"只是文人笔下的歌颂之词？

北宋词人叹息："相思本是无凭语，莫向花笺费泪行。"而今天双方打一通电话，就可情话绵绵，哪里还用得着"花笺"？一朝不合而分手，也就不会费什么"泪行"了。

但无论如何，男女双方由相爱而结为夫妇，情感应当是最真挚而且圣洁的。记得一位长者说过"幸福婚姻 ABC"的名言："夫妻要彼此欣赏，连缺点也能欣赏（appreciation），要彼此相依相属（belonging），要彼此信赖（confidence）。在欣赏、相属、信赖中，才能享受到无穷幸福。"说得真对。

词人说："换我心，为你心，始知相忆深。"这个"换"字，不就是推心置腹，相互欣赏、信赖之意吗？

　　说实在的，有情人成眷属不难，成了眷属要永是有情人，这才是做夫妻一生一世都得体味的深意。

（摘自《读者》2017 年第 21 期）

# 吕阿菜

周志文

吕阿菜是个女计程车司机。

星期二，我和妻在路上拦了一辆黄色的计程车。我们并没有太注意驾驶员，直到她问我们要去哪里，我才听出来是个女的。女性开计程车，在城市也算不上稀奇，所以当时我们并不以为意。

在一个路口等红灯的时候，我注意到在驾驶座右方放置的运营登记证，上面的名字是男的，而那个名字跟我一个同事一模一样。我指给妻看，妻有些诧异地说："完全一样，竟有这么巧的事呀。"

司机注意到我和妻的谈话和表情，很亲切地问我们有什么好笑的事。我把我们惊讶的原因告诉她，想不到她说："笑死人了，想不到他还做大学教授了呢！"

她说那是她丈夫的名字，她丈夫也是开计程车的。我问她，难道她没有办运营登记吗？为何不放自己的登记证呢？

"怎么可以不登记，警察查到，一次就要罚好几千的。"她说，"可是我的名字太坏了，不好放在外面给人家看。"

她从她丈夫的登记证下面拿出一张崭新的黄色登记证，上面写了她的名字"吕阿菜"，照片中是一个一头鬈发并有些富态的妇人。她无疑是个十分坦荡的女人，虽在名字上有些顾忌，但对我们还是信任的，否则不会把她认为坏的名字告诉我们。

"你的名字不坏呀，有什么不能让人看的？"我说。

"菜是让人配饭吃的，做牛做马一生，通通给人吃了，还不坏吗？"她说，"我几次想去改名，但这个名字是我过世的祖父取的，又觉得不该改。我结婚的时候，我夫家也嫌我名字不雅，给我取了个名字叫美惠，要我到管理户籍的地方改掉。后来连生了几个小孩，家事忙得不得了，也就没有去改了。"

"你幸亏没有去改名，"我说，"名字就是要让人辨识用的。你现在的名字好写好记，如果换成美惠，反而让人记不住。要知道，台湾女人叫美惠的，没有十万，也有七八万人呢。"

"话是不错，可菜是给人吃的，不管怎么说，总是不好。"她说。

"放眼世界，所有的东西不是让人吃的，就是让人用的。譬如有人姓汤，岂不是要让人喝吗？姓牛岂不是要让人牵去耕田，或者给人宰了吗？姓马的，岂不是被人跨着骑？"我说，"从另一面想，能够给人吃、给人用，表明他不是废物，这还是好事一桩呢。"

她停了一会儿没说话，可能在反省这件事。过了不久，她又说了："我祖父瞧不起女孩子，叫我阿菜是随随便便、普通青菜的意思。反正在他眼中，女人是低贱的。结果他什么都没猜中，唯独这件事给他料到了。

我这一辈子都在受苦，生了几个小孩后，还得开车赚钱补贴家用。"

"你想错了，所以这么丧气。"我说，"就是以'菜'这个字来说，现在菜价一天一天地涨，可见菜一点都不低贱。何况你祖父为你取这个名字是要你平凡、平安的意思，俗话说'平安是福'，你的名字既不贱又有福气，你怎么可以怨你祖父呢？"

她终于不再说话。我们的目的地已到，我示意她停车。她在找零的时候回过头来，我和妻发觉，她除胖一点外，其实是一个面容姣好的女子。

"谢谢你啦！"她说，"今天很高兴，遇见懂姓名学的你。"

我原本想告诉她，我根本不懂什么"姓名学"，但还是没说。在我关上车门准备离去的时候，我看到她取下她丈夫的运营登记证，将她那张崭新的登记证插入空出的塑胶框内。我很高兴她自信起来。我们都是凡人，但有时候一些小小的自信，可以让平凡的人生有一些特殊的意义。

（摘自《读者》2018 年第 24 期）

# 宋嫂丸子

华明玥

　　在这样寒风瑟瑟的天气里，还有哪样物事，比一大砂锅热气腾腾的丸子更暖人心？鱼圆、虾丸、牛肉丸、鸡肉丸、荠菜猪肉丸，还有藕圆或萝卜圆，纯白、虾红、灰粉、暗绿，在放满了豆芽、笋片、蘑菇的汤水里煮开，载浮载沉，一掀锅盖，香气让人猛打了三个喷嚏。所有的寒冷都在这一刻烟消云散。

　　宋嫂做丸子的那份辛苦，非寻常人所能消受，她坚持鱼圆要用白鱼，而不是青鱼做。谁都知道十斤重的青鱼好寻，五斤重的白鱼难觅，而做鱼圆，偏是鱼越大越好。因此，深夜两点，宋嫂就要出发，骑上电动三轮车到远郊的码头进鱼。穿两层棉袄，下面是一双齐膝的高筒胶靴，手拿一个手电。有时，鱼贩们会为谁家的白鱼更新鲜争吵起来，宋嫂得意地说："你道我如何分辨？看眼珠？看鱼鳃？这哪能分得出来。"宋嫂的办法是把手电关掉，让周围的人也把手电关掉。手电一关，白鱼的鳞片就在昏朦的夜色中闪闪发光。鱼鳞没有办法说谎，越新鲜的鱼，鱼身的颜色越是发珍珠白，稍微黯淡一点，出水时间就要往前推了。还有一点说起来更玄，宋嫂远远地就开始闻："最新鲜的鱼，腥是腥，那腥味很干净，有点发甜。"

鱼买回来，第一缕曙光还远未降临，宋嫂就开始剔鱼骨，打鱼蓉。白鱼就是这点好，没有暗色的鱼肉，茸泥剁细后雪白粉嫩。把鱼蓉放在大盆内，加上生姜末、葱汁、料酒、蛋清、老菱粉，加水调和成黏稠状，再加精盐后，开始"收膏"。此时，宋嫂把所有的精气神儿都灌注在两条胳膊上。鱼圆是否久煮不散，以及是否"浮水正圆，筷夹如兜，晾入碟内如扁纽"，全看这一刻的"上劲儿"是否能上好。

从早到晚，宋嫂都没有真正歇下来过。宋哥说，有些麻烦是她自找的，比如到了下午三四点钟，附近的小学放学之时，宋嫂非要单做一锅灌黄鱼圆，专供那些老人家接了小孙子、小孙女来解馋。在宋嫂的老家泰州，灌黄鱼圆要用蟹黄，成本很高。宋嫂很聪明，用的是罗氏虾的虾黄，反正要做虾丸，原来鼓圆虾头中的那块胭脂红的虾黄浪费不用，可惜了。宋嫂特将家中的两张小方桌抬出，让背着书包的老人家与孙子对坐，小瓷碗，热鱼汤，汤里浮漾着八枚鱼圆，好像白玉丸里含了一块艳色夕阳。

这也是城里孩子，在功课的压迫下唯一可以品尝天伦之乐的时候吧。在路上，在离开学校还没到家的途中。宋哥说："我看你不是可惜那点虾黄，你是贪看人家一老一少，坐在那里絮叨——你是想儿子，也想家中二老了。"

宋嫂不语，俄顷，眼圈红了。

# 鱼头汤和卤鸡爪

张佳玮

做鱼头汤，我爸很是拿手。去菜市场，要一个花鲢鱼头，卖鱼的如果跟你熟，会很慷慨地一刀连鱼头带大半截鱼脖子肉一起递来，只收鱼头的钱。回家，鱼头洗过，切开，便起锅热油；等油不安分了，把鱼头下锅，"哗啦"一声大响，水油并作，香味被激出来；煎着，看好火候，等鱼身变成焦黄色，嘴唇都噘了，便加水、黄酒、葱段、生姜片，焖住锅，慢慢熬，起锅前不久才放盐，不然汤不白。熬完了，汤色乳白醇浓，伸筷子下锅，仿佛深不见底；舀一勺喝，浓得挂嘴；多喝几口，觉得嘴都黏呢。鱼尾也能入汤，熬完后，鱼尾胶质、鱼头皮、鱼脖子上的白肉，半坠半挂，饱绽酥融，好吃；鱼脑滑如豆腐。舀半碗汤在碗里，拌米饭，冬天都能吃得额头见汗。

做卤鸡爪，我爸也很拿手。哪怕没有老卤水，只把鸡爪抹一层生抽，油炸一遍，看鸡爪泛金黄色，便捞起，搁凉，放在黄酒里泡着；哪天想起来了，就和盐、花椒、黄酒、腐乳、砂糖一起慢煮，煮完了再蒸一遍，看鸡皮褶皱，仿佛要脱骨滑落了，就能吃了：下酒下粥均可，蒸完了鸡爪的汁还能拌米饭，香甜。

他当然还会做其他菜，但唯独这两样让我外婆赞不绝口。概因我外婆出身贫苦，勤俭持家惯了，是个做红烧鳝鱼都舍不得扔掉鳝尾巴的"铁公鸡"。鱼头鸡爪，本来是下脚料，我们这里的人都不会做，见我爸能这么变废为宝，化腐朽为神奇，我外婆甚为欣慰，觉得找到了节省的新诀窍。

据我妈说，她老人家当年每次吃饱了鸡爪，就对我妈说："我看他不会亏待你的。你看，他对个鸡爪都这么好！"

"他对鸡爪好，跟我有什么关系？"

"你不是属鸡吗？"

"真是胡说八道，这都哪儿跟哪儿啊！"

当然，以上和以下这些故事，非我所能目见，只是耳闻罢了。

我亲外公过世时，留下我外婆，外带我妈（时年4岁）和我舅舅（时年1岁）。我外婆会吵架，会打牌，会缝褂子，会编蒲扇子，会种花，会养鸡鸭鹅猫狗，但是一个寡妇，养不活女儿和儿子，只好嫁了我后外公——当然，我也管他叫外公。

我外公先前也结过婚，打前房带来个女儿，公主一般。炖鸡汤，"公主"吃鸡腿，我妈和舅舅吃鸡脖子和爪子。熬鱼汤，"公主"吃鱼肉，我妈和舅舅啃鱼头、鱼尾。馒头，"公主"吃肉包子，我妈和舅舅吃白面花卷，蘸点儿腐乳。我妈把鸡脖子上丝缕的肉、鸡爪的掌筋、抹匀了腐乳的花卷给舅舅吃。外婆看了，抹抹眼角，没话说。隔三岔五，她偷偷摊个面饼，给我妈和舅舅吃——还得留心，别让外公发现少了面粉和砂糖。

我妈 24 岁时，当了纺织工人，认识了当时在外贸公司做事的我爸。在我妈和我爸还没缔结姻缘之前，颇有点儿周折。我妈编手套、打毛衣、做自行车手把儿，我爸请她去吃馄饨、吃汤包，围着我爸转的一群当地小伙子时不时还请我妈吃馓子、油条。最后，我妈请我爸回家吃饭。我爸坐下来，就看见我外公拧住的眉毛。

据我外婆说，当时做了一桌子菜：煮花生、炖鸡汤、熬鱼汤、摊面饼、红烧鳝鱼，外公的眉头都皱进肉里了。我爸并没有见肉眼开，没命抢吃，却教我外婆鱼头、鱼尾怎么熬汤才好喝；鸡爪其实也可以吃，广东人就吃。我外婆和我妈听得连连点头，我外公便心头不喜。等我爸去得多了，我外公发现，他自己吃到的鸡腿、鱼肉、鳝鱼越来越少，哪怕吃到，也不再有羡慕的眼光盯着他。经常是我爸一来，就在厨房帮忙：做鱼头汤，做卤鸡爪。做完了，外婆、妈妈和舅舅一起围着吃，眼睛都盯着我爸，听他说他看过的书里的事，出差时遇到的事，他喝过的酒，看过的电视节目，他在湖里游泳时的乐趣。在我外公看来，吃鱼肉、吃鸡腿，乐趣一半在吃，一半在家里人的艳羡。现在，艳羡没了，他不是家里的中心了。

据说，我外公为这事儿，就生气了。某一次，他忽然就发作起来，拿起门后的竹棒，挥起来就打："让你不要来，让你不要来，你还来！"竹棍用的时间长了，由绿变黄，硬而且韧，外面泛油光，挥起来呼呼带着风声，打得我爸血沿着发际线直淌。

据说，联防队、卫生站和派出所的人都来了——其中几个是我爸的朋友——见了血，吓坏了，问我爸是怎么回事。

据说，当时卫生站的人已经帮我爸包好了额头，血也擦干净了。我爸托着额，看看屋里一圈人，说："没事。我自己滑了一跤，撞了门。没啥事儿，不用打破伤风针。"

据说，他把人劝走后，从我外公手里拿过竹棒，用手一拗，"啪"的一声，竹棍脆生生地折了。接着，他就对我外公道："今天你打我，这事儿算过去了。但这是最后一回。我游泳、跑步，也会打架，打你这样的十个不在话下。以后你再欺负他们几个，我就揍你。你欺负一次，我揍一次。"

据说，从那之后，我外公忽然就转了性，变拘谨了，变老实了，变慈祥了。他让我舅舅吃鸡腿，劝我妈妈吃鳝丝，隔三岔五还问我外婆："那个谁，啊，怎么不来家吃饭啊？"据说后来，他和我爸、我舅舅，组成了相当默契的搭档，比如用竹片编鸡栅栏，比如念着"一、二、三"一起搬五斗橱，比如托木梁上的葡萄架。每次我爸帮着办完事，我外公就会很热情地问："吃不吃苹果啊？"

很多年后，我长大了，每逢跟外公出去吃东西，他还是挺喜欢点鱼头汤（冬天就放一点辣子），点卤鸡爪（还来点儿小酒）。那时候鸡爪在我们那儿已经叫凤爪了，很流行；鱼头汤也有馆子专门做了。我外公就很得意地跟我说："你知道吧，这些流行之前，你爸爸就给我们做上了——是好吃！"

（摘自《读者》2020 年第 15 期）

# 母亲赐予我的

二月河

　　我的母亲是一位性情刚烈的女性，和"慈母""三春晖"，或者再文雅点的"萱堂""令慈"这样的尊称不怎么联系得上。当然，她有时也为我补帽子，缝衣裤上挂破了的三角破绽，缭被脚趾顶透了的鞋。然而这方面确实印象不深，每逢忆及，她常常不是握针，而是擦枪——一堆的枪机零件摆在桌子上，各种颜色油污了的破布条、棉纱，还有"鸡（机）油"，她擦拭了一件又一件，再喊里咔嚓组合起来，一杆闪着暗幽幽烤蓝的手枪就又握在她的手中——她是与共和国一同诞生的第一代人民警察。1948年，她是县公安局的侦查股长。1949年，她已成为陕县公安局的副局长。除了打枪，她还骑马，过黄河进伏牛山，都是骑马走的。所以，母亲在我心目中不是倚门盼子、灯下走针的女人，而是英雄。

　　英雄也打儿子。因为我淘气调皮好像永远长不大，因为我逃学不肯受调教，因为我诸门功课成绩都很"臭"，不知多少次被她打得三魂七魄不归窍。当然，挨打的部位永远只有一处——屁股。打过就忘了，以至于我永远都以为，打屁股肯定补脑子，不打屁股的必定不是好妈妈。记得我第一次挨打，是一个秋天。公安局的院子里有一株很高很大的梨树，几个农民装束的人在树上摘梨，手里提着很长的麻袋，摘下来就装进麻袋里。我当时四岁吧，就站在树下，偶尔有落下的梨我就捡起来，飞快送进屋里塞进抽屉。如此往返，竟捡了多半抽屉磕烂了的梨。半夜时分，母亲开会回来，我（其实一直熬着瞌睡在等她）从床上一跃而起，拉开抽屉，说："妈！我捡的，你吃！"

母亲的脸色立刻大变："你怎么敢拿人家的梨？""树上掉的，我捡的……""掉了你就敢捡？""他们（别的小孩）都捡，我也捡！""你还嘴硬！"

……于是开打。我的绝不认错似乎更加激怒了她，她将我从里屋拖到外屋，又拖到滴水檐下……狠狠地照着屁股一掌又一掌——打得真疼啊！我相信她的手肯定也打得酸痛……那夜月亮很好，清冷清冷的，我的哭声惊动了所有的公安，他们拉着劝着，母亲才罢了手。

许多年过后，我才知道，当时那里还没有土改，公安局占的是财主的院子。梨，恐怕是故意遗落下来的。地处伏牛山腰的这个小县城四周全被土匪包围，而城里的"自己人"中也有土匪鼓噪着蠢蠢欲动，形势异常凶险……以后我还挨过许多次打，总没有那一次挨打冤枉，也没有记得那样真切。然而尽管被打，我从来也没有怕过她，时至今日想起来还不禁莞尔。假如她能活到今日，或假如我当时就是作家，我肯定要好好采访一下她，必能写出一篇意趣横生的文章。然而32年前，她就去世了，只留下这美丽的"假如"。

她去世时年仅45岁，现在还安静地躺在卧龙岗革命公墓——她是累的。

几年前，有位记者来访，问我："你这样坚强的毅力，从何而来？"我说："母亲给的。"

我的母亲没有上过学，可是翻看她的日记，连我这个"大有学问"的人也惊讶不已。母亲不但字写得端秀清丽，文采也是颇生动的。那全是靠自学，一点一点啃下来的，写总结、写报告锻炼出来的。

她去世后 20 年，我开始写作。盛暑天热饕蚊成阵，我用干毛巾缠了胳臂（防着汗沾稿纸），两腿插在冷水桶里取凉防蚊；写作困倦到极致时，便用香烟头炙腕以清醒神经。记者知道了，无不为我的坚毅感到震惊。殊不知，这两手是地地道道的家教真传，我毫不走样地学习了母亲当年工作时的风范！

20 世纪 60 年代，我回家乡，父亲指点我去看母亲在家劳作的磨坊。石砌的墙上用炭条书写的字迹依稀可见，如"牛""马""羊""人""手""口"……父亲告诉我："这是你妈没有参加工作前练习写的字。"

她的刻苦、严厉，形成了她的风格。我想了很久，大抵是因了她的理想主义再加着一种顽强的执着与认真。从一个拈针走线、推磨造炊的农村少妇，到一个能打枪骑马、文武双全的职业革命者，她经受了怎样的磨难？

在我浩浩如烟的记忆里，尽管她聪明美丽，更多的却流露出"威严不可犯"的一面。

1947 年，在伏牛山，一头狼半夜闯进我们的住房，她出去开会未归，只留我独自在家睡觉。我是被一声脆裂的枪声惊醒的，是母亲开的枪。她回来见灯熄了，没再点灯就睡下，听到那畜生在床下粗重的喘息声，反手向床下扣动了扳机……狼夺门而出，我们母子平安。但那次母亲哭了，她说："万一狼叼走了你，我怎么向你爸交代？"

她的勇敢传给了我。当后来苦难降临，我在井下掏煤被电击，一步一颤背水泥登"死人崖"，从爆炸现场赤脚逃出时；当我决意舍弃仕途从文时，我觉得我所接受的是母亲的伟大力量与丰厚赐予。

母亲有一种大漠孤烟式的苍凉雄浑气质，但我也能感知她细腻温情的一面。有时到后半夜，母亲会叫醒我，在我耳边轻声说："宝儿，到街上给妈买一张卷饼，或者是火烧夹肉。妈饿坏了，也累坏了……去吧，啊？"我就会顺从地揉着惺忪的睡眼"跑腿"。偶尔一个节日，她会弄点菠菜豆腐汤，滴几滴香油，在火炉旁搅着黏糊糊的面，往翻花沸腾、香气回荡的汤里做"拨鱼"，头一碗一成不变是给我吃的。1960年困难时期，伙房里只要有一点细粮，母亲总是留给我们兄妹，她说："我不爱吃白面。"这时的母亲，我常常觉得和那个举枪对靶、枪口冒青烟的她对不上号。

干公安的有句"切口"，叫"站着进来，横着出去"。命终于斯，或者是犯错误被赶出去，都叫"横着"。母亲没有犯过错误（当然是指一般性质而言），她终究是"横着"从这岗位（她死时是法院副院长）走向了生命的归宿。我已记不起她活着时休息是什么样子。无论什么时候我醒来，她都在工作，在写字。她犯病也是盛暑从乡里赶回，洗脸时晕倒的。半年后病不见起色，按规定要扣工资，她说："这样歇着还领百分之八十的工资，我已经很不安了。"

她去世之后，我又经历了很多风风雨雨。当我鬓发渐白、事业有成时，到"马翠兰之墓"前扼腕沉吟，我发觉母亲始终都在注视着我，跟随着我。

（摘自《读者》2019 年第 11 期）

# 一颗简单的心

林特特

　　她在超市门口卖糖炒栗子。

　　好几次，我经过，她都站在摊位里，忙碌地招呼顾客。

　　有一回，我买她的栗子，瞥见靠在一旁的拐杖，我再看她的腿，才发现她有些残疾。

　　她的拐杖，靠着墙。拐杖头是皮革制的，里面鼓鼓囊囊，塞满了海绵。我见过许多类似的拐杖，但她的稍有不同，她的拐杖头上蒙着一个布套。

　　也许是夏天汗多，包着布，就能经常拆下来换洗？她殷勤地给我装栗子，而我在琢磨她的拐杖。

　　几天后，我在公交车站碰到她，她拄着拐杖。

　　她穿一件水红色的衬衫，领子处垂下两根飘带，在胸前打成一个蝴蝶结。

　　我看着她，总觉得她哪里很特别，我再仔仔细细打量她，这才发现，她拐杖头上的布套也是水红色的。

　　今天，我去超市，特地经过她的摊位，她的拐杖仍靠在一旁。

　　今天，她穿一件豆沙色的上衣；今天，她拐杖头上的布套是豆沙色的。

　　她正给一个顾客称斤两，抬脸冲我笑笑。有人对她说："大姐，给我半斤糖炒栗子。"她"哎"了一声，嘴上答应着，手也没停，从秤上拿下装满栗子的纸袋递给前一个顾客，收钱，找钱，动作流畅。

　　我说："我也来半斤吧。"

　　当晚，我于灯下，捻着一粒栗子，又想起她的拐杖。

　　现在这个时间，她快睡了吧。

　　睡之前，也许她要做个面膜，也许只是拿吃剩的黄瓜擦擦脸，她会准备好明天摆摊要带的东西、明天要穿的衣服、相同颜色的布套。

　　当她躺下来，安心入睡，她精心导演并亲自出演的一天已经落下帷幕，而明天，她还会一丝不苟于每个细节——用她认为美的方式。她有好多美的秘密，那拐杖也不过是其中之一。

（摘自《读者》2017 年第 21 期）

# 用一间厨房温暖一座城

丹　颜

### 来我家做饭吧

　　菜刀在案板上有节奏地起落，土豆片变成了细细的丝。经过一年多的锻炼，李朋的刀功有了很大进步。热锅冷油，葱花炝锅，随着"欶啦"一声，香气弥漫整个厨房，再倒上少许酱油，快速翻炒起来。给女儿子轩做饭，他有不少心得："油要少，水可以多加点儿，火候大一些，盐分几次放。"李朋一边翻炒，一边小心翼翼地试着口味。"好了，味道不错！"他放下锅铲，笑着说。

　　今年33岁的李朋是一位地道的山东汉子，朴实率真。他和妻子在河北省打工，一家人虽不富裕，但温馨快乐。女儿子轩7岁那年，儿子出生了，为生活更添喜色。但这一切因子轩生病而改变了。2017年2月底，子轩连续几天高烧不退，随即被查出患有急性淋巴细胞白血病。看着病痛中的女儿和襁褓中的儿子，李朋安慰产后身体尚未恢复的妻子："放心，有我呢。"从这天起，照顾女儿的重任落在他身上。

小医院没有专业的儿童医疗设备，成人用的穿刺针头扎下去，子轩哭得撕心裂肺，医生让李朋帮忙按住孩子。可女儿一哭，他就心软、手抖，眼看越帮越忙，医生只得让他出去。隔着一道墙，女儿在里面哭，他在外面掉眼泪。过后，李朋对女儿说："要配合医生，病才会好。"子轩点了点头，下次检查，她果然咬牙忍住了。看着懂事的女儿，李朋心里更不是滋味，只能趁人不注意时悄悄抹一把泪。

孩子的病情稍稍稳定，李朋的积蓄就所剩无几了。子轩说："爸爸，你可以卖我的画挣钱啊。"子轩生病前就一直喜欢画画，起初，李朋并未在意，可从那天起，子轩坚持每天治疗完都画一会儿画。

一位护士见了，对子轩说："轩轩，你的画好漂亮，能不能卖给阿姨一幅？"子轩开心极了，眼睛笑成了小月牙儿："爸爸，你看，护士阿姨都说我画得好呢。"自女儿生病以来，他很少见她这样开心。李朋被感染了，是啊，孩子的治疗是长期的过程，好的心情才有助于身体恢复，说不定画画能帮她缓解病痛。想到这儿，他立刻答应："你好好画，爸爸帮你卖。""拉钩上吊，一百年不许变！"病房里传出了清脆的童声。

说到做到，为了女儿，李朋彻底豁出去了。2017年3月底，他开始走上街头卖画。初春的泰安气温很低，衣着单薄的李朋冻得瑟瑟发抖。但一想到女儿，他便咬牙坚持。这时，一个声音在他耳边响起："孩子，吃点儿东西，喝点儿热水。"还没等他回过神来，一位大爷将一个热乎乎的餐盒放在他手里，随后又拿出50元钱给了他。李朋本想抽出一幅画递给老人，但一眨眼工夫，大爷已走远了。看着大爷的背影，李朋泪流满面，冲着老人离去的方向深深鞠了一躬。

在好心人和媒体的帮助下，女儿的几十幅画售卖一空。李朋凑了十几万元医药费，带着子轩来到位于济南市的山东省立医院。李朋在医院附近租了一间房子，一家四口暂时落了脚。医生嘱咐李朋："孩子的饮食必须特别注意，外面的快餐不健康，不能再吃了。"临近中午，李朋问女儿想吃什么，子轩歪着头想了想："豆角炒肉，还有土豆丝。"

回到出租屋，李朋立即投入"战斗"。平时很少做饭的他乍一下厨，手忙脚乱：土豆丝因为淀粉没洗干净，很快煳了锅；油太热，一不留神肉炒老了。看着粗细不一的土豆丝和近乎酱色的豆角，李朋有点儿忐忑。但子轩居然吃得津津有味，还跟小病友们炫耀："这是我爸爸做的，特别棒！"李朋不好意思地挠挠头："爸爸保证以后会越做越好。"

从那天起，李朋每天坚持给女儿做饭，看着一盒盒越来越可口的饭菜，病友们羡慕极了。对这些来自全国各地的患者和家属们来说，吃上一顿干净卫生的家常菜，是相当奢侈的事情。李朋爽快地说："如果你们不嫌弃，就去我家做饭吧！"从那天起，每天都会有四五个病友的家属来李朋的出租屋借用厨房。后来，子轩一个疗程结束，出院回到出租屋，病友们怕人多影响孩子休养，便不再来了。李朋有些不安，他想起了帮助过他的好心人，想到眼下自己有余力，为什么不帮帮别人？他和妻子商量了一下，在医院对面居民楼又租下一间40平方米的房子，命名为"爱心厨房"。2017年6月27日，李朋的厨房正式对外开放，病友家属可以随时过来做饭，完全免费。

## 爸爸的厨房，爱的味道

除了必备的锅碗瓢盆、油盐酱醋，李朋尽量把屋子布置得温馨：进门左手边贴着白血病儿童的饮食注意事项，右边墙上是女儿画的画：哆啦A梦唱着歌，穿彩裙的小姑娘跳着舞，小蜗牛和妈妈在草丛里悠闲地散步……书桌上摆着图书，沙发上铺着碎花毯……

很快，李朋的爱心厨房迎来了许多人。老陈的女儿在附近的医院化疗，白天吐，夜里又饿得睡不着，老陈一筹莫展。这时，有病友给他推荐了李朋的爱心厨房。他立即赶过来，亲手为女儿煮了一碗面，看着女儿吃得干干净净，昏黄的灯光下，老陈的眼角泪光闪动。一对济宁的老夫妇带着孙女来这里治病，为了省钱，老两口白天买几个馒头充饥，夜里露宿广场。李朋听说了，立即把老人接到爱心厨房，让老人在这里搭伙将近两个月。

血液病患儿大多年纪尚幼，一般由妈妈在病房陪护，所以，来爱心厨房做饭的重任就由爸爸承担。爸爸们带着粮、油、米、面来到爱心厨房，他们来自全国各地，曾从事不同的工作，有货车司机、修车工、电焊工、农民。但在这里，他们的身份只有一个——白血病患儿的爸爸；他们的目标也只有一个——孩子能够康复并且快乐成长。

最初，爸爸们手艺不佳，菜不是淡了就是咸了，因为刀功不精，切菜时还会挂彩。他们做起饭来手忙脚乱，蘑菇刚下锅，拿起酱油就往里倒，蘑菇立马变成了黑色。"哎呀，搁多了！"眼看自己越帮越忙，"酱油爸爸"憨憨地笑了。

张滨是子轩同病房小朋友的爸爸。儿子生病前，张滨连面条都不会煮。第一次做番茄炒蛋，十分狼狈，蛋清流到碗沿外；翻炒时，火大油少，立马有了焦煳味儿；最后，他一紧张，盐还放多了。儿子吃了一口，皱起了眉头，张滨有些气馁。李朋拍着他的肩膀安慰："没关系，我也是这么过来的。"

后来只要有机会，李朋就陪张滨练习做菜，没想到，他进步特别快，没多久就掌握了好几样拿手菜，成了厨房里的明星爸爸，还经常有人让他帮着做饭。张滨有些感慨地说："以前以为一辈子也学不会做饭，如今看来，只要有心，没有什么不可能的事。看着孩子一日三餐都吃得好，我对未来也更有信心了。"

给孩子们送完午餐，爸爸们围坐在一起，拿出馒头和榨菜，就着剩菜，边吃边讲讲笑话。此刻大概是他们最轻松的时候，难怪有的爸爸说："几天不来爱心厨房，心里就发慌。"

爸爸们厨艺精进后，除了给自家孩子做饭，还为10多个贫困患儿提供免费午餐。为此，李朋专门建了一个微信群，群里有20多位"大厨"爸爸，他们排了值班表，每天固定三四个人值班，专门给孩子们做午餐。"爱心厨房"成了名副其实的"爸爸厨房"。

临近过年的时候，李朋和几位爸爸把爱心厨房装饰一番，贴上福字，挂上小彩灯。大年三十，几位爸爸为住院的病友做了近300份餐。晚上，大家坐在一起，猪头肉、白菜炖排骨、土豆鸡块摆满小茶几。爸爸们破例点上烟、倒上酒，不知谁提议唱一首周华健的《朋友》，当唱到"朋友不曾孤单过，一声朋友你会懂"时，他们的眼泪都肆意地流出来。李朋说："我们是同病相怜的人，是战友、亲人！"

## 温暖才是生活的主旋律

有人说，以一人之力很难应付生活中无边的苦难。所以，我们需要别人帮助，也要去帮助别人。李朋这份不经意间的暖心举动，让钢筋水泥筑就的城市多了一抹暖色。

做饭时，爸爸们喜欢在厨房里聊天，谁遇到困难了，说出来，大伙儿一起帮忙。一位来自泰安的50多岁的大哥，女儿10年前因意外去世，现在儿子又得了白血病。巨大的打击让他忧郁寡言，经常边做饭边掉眼泪。李朋和几位爸爸心里很不是滋味，他们每天忙完后，会特意给大哥炒个菜，陪着他吃。大哥不会上网，他们便把自己搜集来的治病资料分享给他，还教他用微信，指点他办理报销等手续的捷径。大哥感动地说："以前憋在黑乎乎的旮旯里，特别绝望。现在，你们帮我把窗户打开了。"

爸爸们聊得最多的还是孩子："每个人都是上帝咬了一口的苹果，或许是这些小苹果特别甜，上帝咬得多了一点儿。"他们约定，尽量让孩子快乐成长，给他们创造美好的童年。

2017年11月，李朋突发奇想，要帮每个患病的小朋友实现一个小心愿，几位爸爸立即表示支持。爸爸们给这个活动起名为"小白的愿望"。"一来，孩子们都是白血病患儿；二来，爸爸们愿意做贴心的'大白'，爸爸是'大白'，孩子自然就是'小白'了。"李朋笑着解释。短短几天，30多个愿望被收集上来。大多数孩子的愿望很简单，玩具车、小模型、洋娃娃，这些很快就实现了。

山东德州一个叫晓娜的13岁女孩提出一个近乎奢侈的愿望："我想回学校。"这让爸爸们犯了难。李朋把这条消息发在了朋友圈，几天后，有热心的媒体朋友回应。在各界朋友的帮助下，李朋和晓娜爸爸还有另一位厨房爸爸驱车 300 里，护送晓娜到她所在的学校上课。原来的班级解散了，校长特意把晓娜的同学们召集起来，和晓娜一起上了一堂手工课，鼓励她战胜病魔，早日返校。那天后，晓娜脸上一直洋溢着幸福的笑容，饭量增加了，治疗时也特别配合，这让爸爸们欣慰极了。"为了'小白'们，我们这些'大白'再苦再累都值得。"

2018 年 5 月底，爸爸们又收集了全病区 100 多个孩子的愿望，李朋把愿望发到朋友圈，不到半小时就被爱心人士认领一空。爸爸们约定，一定要越来越坚强和勇敢，自己乐观起来，才能给孩子战胜病魔的勇气。吃着同一份"爸爸午餐"，孩子们在治疗过程中相互打气，也都成了好朋友。他们会比赛今天谁吃得多，谁最勇敢，谁打针没有哭鼻子。没有治疗时，孩子们就在一起画画、做游戏。

听说这些爸爸有让孩子快乐起来的魔法，越来越多的爸爸加入了他们。但在采访中，李朋也说出了他的忧虑："爱心厨房办了一年多，尽管得到了很多爱心人士的帮助，但仍然举步维艰。"李朋透露，现在厨房的爱心基金只剩下两万元，最多能支撑 4 个月。

现在，李朋每天早上会去市场批发些蔬菜售卖，以补贴爱心厨房和家用，其他爸爸也在积极想办法。"孩子们的状态越来越好，生活仍然充满了希望。""爱心厨房"里贴着一幅子轩画的小蜗牛，下面写着："我要一步一步往上爬，等待阳光静静看着它的脸。总有一天我有属于我的天……""困难总会有的，坚持住！毕竟，温暖才是生活的主旋律。"李朋说出了自己和每一位爸爸的心声。

（摘自《读者》2018 年第 21 期）

# 遗忘的和记住的

崔玉敏

2011 年，上海男人孙晓雄 46 岁，他 70 岁的父亲患上阿尔茨海默病，逐渐出现失忆、失智、失禁等症状。

正值创业关键时期的孙晓雄，最终选择放弃部分生意，和家人共同照护父亲。接下来的 9 年中，他们和父亲一起，展开了一场对抗遗忘、衰老和久病的苦旅。

一

接到家里打来的电话时，孙晓雄正在昆山出差。母亲带着哭腔："你爸不见了。"孙晓雄心中慌乱，但还是强装镇定地安慰说："不要紧，他走不远的。"

母亲告诉孙晓雄，她已经沿着家所在的扬州路，找遍了父亲可能去的所有地方，但都没找到。

几乎没怎么犹豫，孙晓雄决定驾车走高速返回上海。一个多小时后，他抵达父母位于杨浦区弄堂里的家，大姐、妹妹都在。商议后，他们决定去街道派出所碰碰运气。

赶到派出所，父亲孙志雄果然在那儿，衣服脏了，面色惊惶。民警问他的名字，他答"李中玲"，问他家住哪儿，他答"浙江中路"。民警照着他给的答案在浙江中路寻找李中玲，无果。他们便让孙志雄先吃饭，继续打电话给附近几个居委会排查。

实际上，黄浦区浙江中路是 1941 年父亲出生的地方。20 世纪 60 年代末，因家庭成分问题，孙志雄和父母妻儿一起被下放至安徽农村，浙江中路的家也被收为公用。90 年代，一家人相继重返上海，在杨浦区扬州路新康里的弄堂中安家落户，住了 20 多年。

家人们都落了泪。他们谢过民警，把受到惊吓、已经无法开口说话的父亲带回家。

这一年是 2014 年，父亲 73 岁，患阿尔茨海默病的第 3 年，他的大部分记忆已经被疾病抹去。

二

此前，为防止他走失，家人给他买了 GPS 定位器，戴在他手上，并仿照工牌制作了写有他姓名和住址的"身份卡"，挂在他脖子上。还打印了厚厚一沓卡片——写有家中座机的号码、母亲及三个子女的手机号码，塞在他口袋里。但父亲觉得难为情，总会将定位器、身份卡偷偷扯掉，小卡片有时也随手丢掉。

那时，父亲虽然记忆受损，但身体还不错，走路时脚底生风，动作又轻，常常猫一样溜出家，无声无息。这就苦了主要照护他的母亲李中玲。

这次走失后，母亲看护父亲时更加小心，后来只能选择限制他的行动。白天，母亲用两张躺椅堵住家门前的走廊，躺椅沿上放置一排手摇铃。父亲一开门，她就能循声跟上。夜晚，父亲也会梦游般地走出家门，母亲就在睡觉前找一条宽布袋，把两个人的手绑在一起。父亲一起夜，她就跟着醒来。


三


生病前，父亲坚持每天去公园跑步，200米的跑道能跑上五六十圈。父亲精通文史地理，父亲给少年时代的孙晓雄讲俄罗斯文学时，问他："伏尔加河在哪里？"他答"不知道"。父亲就告诉他伏尔加河的地理位置和历史。曾经，父亲能准确无误地记住一条遥远河流的相关知识，现在却连近在咫尺的家门都无法记住。

更让孙晓雄难过的事在后头。好几次，孙晓雄回到父母家，父亲看到他，不仅问他"你是谁"，还拒绝他进家门。母亲在一旁提醒："这是你儿子啊。"尽管知道父亲的反应是生病所致，孙晓雄转过身，还是哭了。

被自己的父亲遗忘是一种什么样的感受？和至亲之人情感联系中断，安全感丧失，让他不得不重新打量父子关系。

他经常做噩梦。梦里，他置身公交车、地铁站，场景不一，但一直在找寻，找物件，找妻子，找儿子，找母亲，最后遍寻不得，他流着泪从噩梦中惊醒。白天，他烦躁易怒，常和妻子吵架，工厂里的工人也遭了殃，没少挨骂。

他流泪也是为自己。父亲患病时，正值他创业的关键时期，经营的床品公司在全国开了 22 家连锁店。可是父亲需要照顾，他自己的身体也出现了危机，精力不济，他不得不将店一家一家收回来。

让孙晓雄更感遗憾的是，他曾主动疏远父亲近十年。

少年时代，父亲是孙晓雄的精神偶像。父亲高中学历，年轻时是个文学爱好者。全家下放至安徽农村时，母亲在学校做老师，父亲做了一段时间的老师后，开始负责家中的农活。他鼓励孩子们看书，用俄语朗读普希金的诗歌。一天的农活结束，他给村里人绘声绘色地讲《三侠五义》，很受当地人的喜爱和尊敬。

20 世纪 90 年代，孙家人相继返回上海，房子、户口都得重新争取。回到上海后，母亲在幼儿园做老师，兼做家庭教师贴补家用，做了十几年农民的父亲只能在工程队、饭店做临时工，往昔的同窗已经成为医生、老师、工程师……他受到打击，主动和老友断绝联系。父亲清高，一家人的户口、住房问题全靠母亲奔走才得以解决。

身为男人，孙晓雄一度瞧不起封闭自我、无力承担家庭责任的父亲。有段时间，看到父亲，他连招呼都不打。

父子关系破冰发生在孙晓雄的儿子读五年级时。那天，父亲带孙子出门，孩子牵着爷爷的手蹦蹦跳跳，有说有笑。孙晓雄站在后面——想起小时候，父亲教他阅读、游泳。孙晓雄想：养大一个孩子并不容易。他也渐渐明白，父亲是一个被时代捉弄的人。每个人都有自己的长处，父亲只是不擅长社交和赚钱而已。他在心里与父亲和解了。

四

了解到阿尔茨海默病具有一定的遗传性，孙晓雄陷入忧虑。法国作家迪迪埃·埃里蓬曾描述过作为子女，他在父亲患上阿尔茨海默病后的恐惧。埃里蓬会反复背诵他烂熟于心的诗词，以证明自己的记忆力完好无损。只要忘记了一句诗、一个日期、一串电话号码，他就会陷入焦虑。孙晓雄也一样。只要忘记什么事，他就止不住胡思乱想，问儿子："爸以后会不会也得这个病？"

他自己的健康也不容乐观。父亲确诊这一年，孙晓雄 48 岁，糖尿病病史 10 年，还患有高血压和严重的胃病。

母亲李中玲的抑郁症发生在丈夫患病两年后。儿女要工作，她需要寸步不离地陪伴丈夫，起初，她最忧虑的是他走失——她长期患有关节病的双腿无法快步行走，每次寻找丈夫都异常艰难。2013 年后，丈夫逐渐生活无法自理，她得照看他吃饭、穿衣、吃药、洗澡、大小便。丈夫大小便失禁的情况愈发严重。李中玲有轻微洁癖，只要丈夫一失禁，她就一遍遍为他洗衣、换衣，有时，她一天得给他换洗 3 次。

李中玲原本拥有充实幸福的晚年生活。退休后的头 10 年，她是在社区老年大学度过的：学做中国结和麦秸画，教其他老人剪纸，她的剪纸作品还被拿去展览过。丈夫也会陪她一起买材料，看她做这些小玩意儿。

他们本是志同道合的爱侣，中学时相识。结婚后，相濡以沫 50 年，"两个人好得就像一个人"。她从未想过推脱照顾丈夫的责任，也拒绝将这种承担浪漫化、崇高化。

但她也是女人，需要丈夫的呵护。然而大多数时候，生病的丈夫和外界隔着一堵墙，无法沟通，不见回应。最让她心灰意冷的时刻，发生在搬到浦东后的一个夏天。她起床后觉得头晕，浑身瘫软倒在地上。她努力呼唤丈夫，想让他帮自己将床头上的手机拿过来。他在屋子里来来回回走了半天，只递给她一个空调遥控器……她只能等到自己有了力气，慢慢爬到手机旁，拨通小女儿的电话，小女儿拨打了120，她才被送往医院。

李中玲被这种不见尽头的生活击溃了。后来，她在家中总是无端流泪，会把家里好好的东西剪坏，还说想从20楼跳下去。儿女带她去看精神科医生，她在医生面前流着泪长长地倾吐一番，之后又做了3年心理咨询。

因为焦虑，她常常失眠，提出让儿子给她开一些安眠药。孙晓雄留了个心眼，他开了许多维C片，替换进安眠药的药盒里，再拿给母亲。他至今仍然瞒着她。这是无奈之下的选择。

李中玲唯一的慰藉，是丈夫一直不曾忘记她。一次，他说他第二天要结婚，别人问他和谁，他说"李中玲"。虽然记忆出现错乱，他不记得他们结了婚，有三个儿女，也有孙子和重孙，但他始终记得，李中玲是他的恋人。

## 五

2013年前后，随着父亲病情加重，孙家三个儿女商量，分工轮流照看父亲，尽量保证有人在父母身边。2015年后，大家又进一步明确分工：长期在上海的大姐、妹妹常来家中帮助母亲，需要经常出差的孙晓雄有空就过来，主要负责父母的生活费和医疗费。

儿女分担了一些工作，李中玲的压力没那么大了。每天早上，她带着丈夫进行刷牙、洗脸、刮胡子"三部曲"；晚上睡觉前，将丈夫第二天要吃的药，按剂量和时间提前准备好。白天，丈夫大小便过后，她在日历上做好记录。掌握了时间和规律，到点了，她就会问他是否想去卫生间。

家中的男人主动承担了带孙志雄洗澡的工作。冬天洗澡要去公共澡堂，孙晓雄和姐夫开车载父亲去澡堂。一次，去澡堂的路上，父亲在车里失禁，孙晓雄坐在驾驶座上，还没来得及起身，姐夫自然地拿着塑料袋包好秽物以及父亲弄脏的衣物，扔掉了，这一幕让孙晓雄至今都很感动。

家人尽力保持孙志雄外表的清洁和体面，照顾他的尊严。妻子李中玲常常温柔地摸摸丈夫的脸。他动作还算灵敏时，李中玲让他帮忙做一些简单的家务：摘豆芽、包馄饨……她相信生病的丈夫依旧需要获得一种价值感。

他们也努力营造出让孙志雄感受到自己被爱、被需要的氛围。孙辈们一见爷爷就给他一个大大的拥抱，想着法儿哄两位老人开心。情人节，孩子们会商量好，分别给爷爷、奶奶买巧克力。有一年情人节，外孙带爷爷、奶奶去一家网红餐厅吃饭，餐厅里坐的都是衣着时尚的年轻人。有人问："爷爷、奶奶，你们也过情人节？"李中玲就告诉他们："是啊！我们结婚50年啦。"

家中变化最大的是孙志雄本人。从安徽返回上海后，孙志雄感受到某种落差，一度变得封闭沉默。生病后，他的记忆多停留在成年之前，失意的青年和中年时期被遗忘，他反而松弛快乐了不少。别人同他搭话，他多报以微笑，用他语言库中仅存的结构简单的句子——"我很爱你""我很喜欢你""你真漂亮"来回应。

一次，他在小区里遇上一个老太太，开口就说："你真漂亮，我爱你啊！"李中玲忙不迭地向对方解释和道歉。对方却笑了："我这一辈子，也没听过几句这样的话。"

2018 年，他们在松江区分到了几套回迁房。李中玲和丈夫先搬过去，为更方便地看护父亲，住在市区的孙晓雄一家也搬了过去。

六

2019 年，经鉴定，父亲的阿尔茨海默病为五级，处在重度认知功能减退阶段。医生建议家人多陪伴父亲，锻炼他的认知、语言和行动能力。家人买来算术认知卡片和玩具，空闲时陪他练习，住在隔壁的孙晓雄则常去找父亲聊天，陪他散步。

父亲的智商和语言能力逐渐退化成孩童状态，言行举止憨直可爱，观察父亲成了孙晓雄的快乐源泉。既然还要同阿尔茨海默病共处下去，不如换一种心情面对。孙晓雄把父亲的搞笑时刻拍下来，先是发到微信朋友圈，后来又发到抖音上，也是留存一份记忆。

在孙晓雄的镜头下，近 80 岁的父亲自称"宝宝"，一天中最令他开心的事是吃，葱油饼、冰激凌是他的最爱，得不到想要的零食会哭。他同 5 岁的重孙女嬉闹，在重孙女手背上咬了个月牙印，最后还是重孙女原谅了他。他常对家人耍小孩子脾气，但对妻子李中玲言听计从……

这些质朴温暖的家庭生活片段，慢慢为孙晓雄的抖音账号吸引了近 30 万粉丝。这个团圆和睦的上海家庭，在不断曝出的关于家庭和养老的负面新闻中，给人们提供了一些启示。一位不能长久陪伴在爷爷身边的粉丝给孙晓雄留言："看见孙爷爷，就好像看到自己的爷爷。"被孙家人对久病父亲的耐心与陪伴打动的一位粉丝，发私信告诉孙晓雄，他决定对自己的爸妈耐心一点。

2020 年 10 月，孙晓雄开车载父亲外出。父亲嚷着要吃冰激凌，孙晓雄心软了，买了一只给他，又担心他吃坏肚子，抢过冰激凌，吃了一半再塞回父亲手里。因血糖高，孙晓雄十几年不敢吃冰激凌了，但父亲无法理解这种好意，委屈地"哭"起来。这则视频在抖音获得了34.5万次点赞。

孙晓雄的粉丝中，有不少人也是阿尔茨海默病病人家属。

他特别能理解这些焦灼无助的亲属。现在，他一有时间就会回复私信向他取经的人：看病要去三甲医院，不要盲目服药，最重要的照护是家人的陪伴关爱、不嫌弃。

有一次，孙晓雄带母亲去看病，像是知道妻子不舒服，父亲一整天闷闷不乐，早饭也没吃。妻子从医院看病回来，他委屈地把头埋进她怀里，发出啜泣的声音。孙晓雄逗他："又假哭了。"等父亲抬起头，家人看见，他眼角真的有泪。

孙晓雄坚信，虽然还是常常遗忘家人的名字，但父亲一定知道他们是他的家人，那些最珍贵的东西一直留在他内心深处。10月的一个夜晚，孙晓雄睡前不放心，就去隔壁看看父母。推开门，父亲正一个人坐在黑暗的客厅，孙晓雄吓了一跳，打开灯，看见他正在哭。当时已经午夜12点了，他问父亲："你怎么不去睡觉？"父亲告诉他："我做梦，梦见你死掉了。"孙晓雄心绪复杂，他向父亲解释了好几遍，自己没有死，"我们都长命百岁"。父亲这才放心去睡了。

生病的父亲对家人有着自己表达爱意的方式。一次，孙晓雄载父亲外出，一位客户打电话找他，他便带上父亲一起前往。客户也知道老爷子生病，买来一大包零食给他。离开时，父亲坐在车后排，紧紧地把零食抱在怀里。孙晓雄以为他担心别人抢，对他说："你不要抱着，放好嘛！这些都是给你的。"父亲不愿放，很郑重地说："带回去给中玲吃。"

（摘自《读者》2021年第5期）

# 假如"爱"永远说不出口

槽值小妹

小说《守望灯塔》里，银儿问普尤："在我爱上一个人的时候，我该说什么呢？"普尤回答："你应该说你爱。"

但假如"爱"这个字永远说不出口呢？韩国电影《爱·回家》，讲述的就是一个爱无法说出口的故事——不会说话的外婆和外孙相宇之间的故事。

男孩相宇出生在单亲家庭。妈妈为了工作，把相宇送到外婆家小住。颠簸的山路，拥挤的公交车，土气的大妈大叔们叽叽喳喳地讨论鸡鸭和白菜……相宇不停地问妈妈："她聋吗？她能说话吗？她可怕吗？"

现实如他所料——77岁的外婆又老又脏，脸皱得像核桃一样；她的背驼着，几乎成了90度；最重要的是，她不会说话。

对这个又老又哑的外婆和外婆破旧的家，相宇无比嫌弃。妈妈和外婆在屋里说话，相宇却在屋檐下对着外婆仅有的一双破皮鞋撒尿。

进了屋，外婆想要摸摸相宇，他远远地躲开，说："脏。"外婆想牵相宇回家，他扬起手来要打人。

妈妈走后，相宇对外婆说的第一句话就是："迟钝！"外婆走在前面，他在后面嘲讽地大喊："傻哑巴，聋子！"

什么也听不到的外婆转过身来，善意地对相宇招招手，她怕外孙不认得路。

外婆老眼昏花，无法把线穿到针孔里，向相宇求助。相宇先是假装玩游戏没看见，在外婆多番请求之后，才皱着眉来帮忙。

游戏机没电了，他缠着外婆给他钱买电池。可外婆没有钱，只能给他看看自己空空如也的钱袋，比画着向相宇道歉。

相宇翻遍了家里的每个角落，一无所获，气得他踹碎了外婆反复擦拭干净的陶罐，扔掉了外婆仅有的一双鞋子。去挑水的外婆只好光着脚走在山路上。

在外婆熟睡的时候，相宇偷了她的发簪去换电池。外婆醒来时发现簪子丢了，最后不得不用汤匙固定头发。偷了簪子的相宇不好意思回家，外婆拄着拐杖，焦急地到处找他。

相宇在乡下待了很久，他告诉外婆他想吃肯德基，外婆听不明白，于是他学公鸡的样子给外婆看。外婆自以为领会了相宇的意思，冒着大雨走了很远的山路，买回来一只鸡。

炖好之后，外婆撕下鸡腿给相宇，却被相宇嫌弃。他推翻了饭碗，大喊："你什么都不懂！骗子！"

外婆默默捡起地上的饭，放进自己嘴里。看着相宇气愤睡去的背影，外婆不知如何是好。

在镇上，相宇看到了小伙伴，就把外婆一个人撇下，和伙伴一起坐车回家。最后外婆一个人孤零零地走了回去。山路很长，外婆很晚才回到家。相宇责怪她："怎么这么久！"

虽然相宇任性又顽劣，但外婆对他始终只有关怀和爱。相宇晚上上厕所害怕，外婆就光着脚蹲在旁边守着。带相宇去镇上卖南瓜，不会叫卖的外婆一个瓜也没有卖出去，但没赚到钱的外婆还是给他买了一碗"城里的面"吃。

外婆想要进入相宇的世界，在相宇睡觉的时候，琢磨着积木玩具。可惜摆弄半天，一窍不通，无奈的她只好将玩具码整齐放回去。

外婆笨拙的爱，慢慢渗入相宇心里，他终于有所改变。外婆不在家的时候下起大雨，相宇急匆匆地去收衣服。收完自己的衣服相宇准备去睡觉，看到外婆的衣服还在淋雨，又出去一趟，把外婆的也收了进来。外婆生病的时候，他替她盖上被子，掖好被角，希望她赶紧好起来。

外婆为他买回来的巧克力饼，他会计算好个数，留下一个，偷偷塞进外婆包里。他用心为外婆做了一顿早餐，虽然因为做饭的时间太久，早餐变成了午餐。不再等外婆请求，相宇主动帮她穿针；也不需要谁提醒，他主动接过外婆手中的布包。

相宇对外婆的敌意渐渐转化为爱，却到了他要回首尔的日子。

临别时，相宇替外婆穿好了能用很久的针线。相宇教外婆写字："外婆，这是'生病了'，这是'我想你'。""因为你不能讲电话，所以你要给我写信。""外婆，你生病的话就发个空信过来，我会知道是你，我就会马上赶回来……"

相宇泣不成声，外婆也偷偷抹着眼泪。相宇最终还是跟着妈妈离开了外婆家。外婆一个人孤单地走回她的小屋。

城市和山村，斩不断的是牵挂。轮滑鞋、游戏机、肯德基、巧克力饼，这是城市的世界；露天的厕所、草席上的蟑螂、突然从背后窜出来的疯牛，这是山村的世界。

相宇是典型的城市人，外婆是典型的山村人。一开始，相宇讨厌、嫌弃外婆，外婆困惑，也无奈。但到最后，相宇认清了山路，习惯了蟑螂，学会了躲避疯牛；而外婆尝到了巧克力饼，听说了肯德基，摆弄了机器人玩具。

相宇离开了外婆和山村，外婆可能永远都不会进城。

影片里有一个场景：外婆和相宇两个人，在同一条山路上，明明要一起回家，却隔着一段距离，背对着背，如同陌生人。

城市和山村，背对背，却有牵挂。这是许多现代人生活的隐喻。身处两地，然而爱始终都在，别等到失去后才懂得珍惜。

电影里的相宇，才明白外婆深沉的爱，还没来得及想好怎样去回报，就要离开外婆了。他又有多少机会回报呢？

对相宇而言，分别时除了有不舍，还有之前没能好好对待外婆的遗憾。

人的一生中，总会有几段让人想起时追悔莫及的经历——被爱时，常常不懂珍惜；懂了，也晚了。

（摘自《读者》2019 年第 8 期）

# 最好的证明

林海音

窥探我家的"后窗",是用不着望远镜的。过路的人只要稍微把头一歪,后窗里的一切,便可以一览无余。而最先看到的,便是临窗这张让人触目惊心的书桌!

提起这张书桌,使我很不舒服,因为在我行使主妇职权的范围内,它竟属例外!许久以来,他每天早上挟起黑皮包要上班前,都不会忘记对我下这么一道令:"我的书桌可不许动!"

对正在擦桌抹椅的阿彩,我说:"先生的书桌可不许动!"

对正在寻笔找墨的孩子们,我说:"爸爸的书桌可不许动!"

就连刚会单字发音的老四都知道,爬上了书桌前的藤椅,立刻拍拍自己的小屁股,嘴里发出很干脆的一个字:"打!"跟着便赶快爬下来。

书桌上的一切,本是代表他生活的全部,包括物质的与精神的。他仰仗它，得以养家糊口；他仰仗它，获得读写之乐。但我真不知道当他要写或读的时候，是要怎样刨开桌面上的一片荒芜，好给自己展开一块耕耘之地。忘记盖瓶盖的墨水瓶和老鼠共食的花生米、剔断的牙签、眼药水瓶、眼镜盒、手电筒、回形针、废笔头……散漫地满布在灰尘覆盖的玻璃垫上！再有便是东一堆书，西一沓报，无数张剪报夹在无数册的书本里。字典里是纸片，地图里也是纸片。这一切都亟待整理，但是他说："不许动！"

窗明几净表示这家有一个勤快的主妇，何况我尚有"好妻子"的美称，想到这儿，我简直有点儿冒火，他使我的美誉蒙受侮辱，我决定要有效地清理一下这张书桌。

要想把这张混乱的书桌清理出来，并不简单，我一面勘查现场，一面运用我的智慧。

我把牙签盒送到餐桌上，眼药瓶送回医药箱，眼镜盒应当收进抽屉里，手电筒是压在枕头底下的——这是第一步。第二步就轮到那些书报了，应当怎么样使它们各就其位呢？我又想起一个故事：据说好莱坞有一位附庸风雅的明星，她买了许多名贵的书籍，排列在书架上，竟是以书皮的颜色分类的，多事的记者便把这件事传出去了。但是我想我还不至于浅薄如此，就凭我在图书馆那几年编目的经验，对于杜威的十进分类法倒还有两手。可是就这张书桌上的文化，也值得我小题大做地把杜威抬出来吗？

我思索了一会儿以后，决定把这书桌上的文化分成三大类，我先把书本分中、西、高、矮排列起来，整齐多了。至于报纸，留下最近两天的，剩下的都跟酱油瓶子一块儿卖了，收新闻纸、酒瓶的老头儿来的也正是时候。

这样一来，书桌上立刻面目一新，玻璃垫经过一番抹擦，光可鉴人，这时连后窗都显得亮些，玻璃垫下压着的全家福也重见天日，照片上的男主人似乎在对我微笑，感谢贤妻这一早上的辛劳。

他如时而归。仍是老规矩，推车，取下黑皮包，脱鞋，进屋，奔向书桌。

我以轻松愉快的心情等待着。

有一会儿了，屋里没有声音。我对这并不感到稀奇，我了解做了丈夫的男人，一点儿残余的男性优越感尚在作祟——男人一旦结婚，立刻对妻子收敛起赞扬的口气，一切都透着应该的神气，但内心总还是……想到这儿，我的嘴角不觉微微一掀，笑了，我像原谅一个小孩子一样地原谅他了。

但是这时，一张铁青的瘦脸孔忽然来到我的面前。

"报呢？"

"报？啊，最近两天的都在书桌左上方。旧的刚卖了，今天的价钱还不错，一块四一斤。"

"我是说——剪报呢？"口气有点儿不对。

"剪报，喏，"我把纸夹递给他，"这比你散夹在书报里方便多了。"

"但是，我现在怎么有时间在这一大沓里找出我所要用的？"

"我可以先替你找呀！要关于哪类的？亚盟停开的消息？亚洲排球赛输给人家的消息？或者越南的？"我正计划着有时间把剪报全部贴起来分类保存，资料室的工作我也干过。

但是他气哼哼地把书一本本地抽出来，这本翻翻，那本翻翻，一面对我沉着脸说："我不是说过我的书桌不许动吗？我这个人做事最有条理，什么东西放在什么地方，都是有一定规矩的，现在，全乱了！"

世间有些事情很难说出它们的正或反，有人认为臭豆腐的味道香美无比，有人却说玉兰花闻久了有厕所味儿！正像关于书桌怎样才算整齐这件事，我和他便有"臭豆腐"和"玉兰花"的两种不同看法。

虽然如此，我并没有停止收拾书桌的工作，事实将是最好的证明，我认为。

但是在两天后他却给我提出新的证明来，这一天他狂笑着捧着一本书，送到我面前："看看这一段，原来别人也跟我有同感，事实是最好的证明！哈哈哈！"他的笑声快要冲破天花板。

"一个认真的女仆，绝不甘心只做别人吩咐她的工作。她有一份过剩的精力，她想成为一个家务上的改革者。于是她跑到主人的书桌前，给它来一次彻底的革新，她按照自己的主意把纸片收拾干净。当这位倒霉的主人回家时，发现他的亲切的杂乱已被改为荒谬的条理了……"

有人以为——这下子你完全失败了，放弃对他的书桌彻底改革的决心吧！但人们的这种揣测并不可靠。要知道，我们的结合绝非偶然，是经过三年的彼此认识，才决定"交换信物"的！我终于在箱底找出了"事实的最好的证明"——在一束陈旧的信札中，我打开最后的一封，这是一个男人在结束他单身生活的前夕，给他"女朋友"的最后一封信，我也把其中的一段用红笔重重地勾出来："从明天起，你就是这家的主宰，你有权改革这家中的一切而使它产生一番新气象。我的一向紊乱的书桌，也将由你的勤勉的双手整理得井井有条，使我读于斯，写于斯，时时都会因有你这样一位妻子而感觉到幸福与骄傲……"

我把它压在全家福的旁边。

结果呢？性急的读者总喜欢打听结果，他们急于知道现在书桌的情况，是"亲切的杂乱"，还是"荒谬的条理"？关于这张书桌，我不打算再加以说明了，但我不妨说的是，当他看到自己早年爱情的诺言后，他用罕有的、温和的口气在我耳旁悄声地说："算你赢，还不行吗？"

（摘自《读者》2016 年第 22 期）

# 给我妈尝尝

严 明

前年春天，父亲住了一段时间医院，回到家后，我问妈："我能不能出去一段时间？"我妈说："去吧，肯定没问题。"我打算跟合肥的张亮从定远出发，开车去甘肃拍照。走的时候我跟卧床的父亲辞行，妈帮我喊他："严明要去甘肃了，过些天就回来！""哦……"愣了一会儿，他又补了一句，"带点好吃的。"话刚说完我妈就笑了，说："你牙都没有了，能吃什么？"妈说的是实情，缺牙外加病重，爸已经只能吃我妈包的小馄饨了。其实爸的那句话没说全，隐藏了后半句，就是"给你妈尝尝"。

妈妈的人生是极简的，她绝不会主动消费去尝鲜、吃稀奇，也无吃零食的习惯。回想起来，我也没给爸妈买过什么，买得最多的好像是茶叶。

几个月前，我在外地讲课，临走时收到礼品，一箱石榴。纸箱外印有硕大的彩色石榴图片，还有"怀远石榴"几个大字，看着亲切。我从小就知道，石榴是怀远老家的特产，不过没有吃过的印象，大概是因为没在它成熟的季节回去过。石榴花我是见过的，钟形的花裂为六瓣，蕊在其中，艳丽异常。它有个坚实的底托，那就是孕育果实的地方。

我不是一个喜欢花花草草的人，但石榴花是个例外。以前有首民歌，唱"石榴花一样的阿娜尔罕"，我曾好奇，石榴花一样的女子到底是什么样的呢？为什么新疆也有石榴花？资料上说，石榴择土不严，在沙土上都能茁壮生长。我老家的地里就是那种土壤。

我妈说过，她嫁过去那会儿什么都缺，什么好东西都没吃过，坐月子才能吃一点红糖水泡馓子。我把奶瓶里的奶喝完了，还哭闹，她就把我平放在床上，将奶瓶垂直对着我的嘴，依靠地心引力的帮助让我获得最后几滴奶……

不多想，能在第三地见到怀远石榴也是意外，我不想再坚持严控行李重量的习惯了，我要把它们带回家，给我妈尝尝。

回到家后，妈妈很欣喜，拿出几个石榴送给邻居，笑呵呵地回来，再拿出一个，坐在门前开始品尝。我也吃了，果真很甜，水分特别足，籽儿很小，一大把入得口中，稍一抿嘴，果粒即破。然后，就可以像喝饮料一般饮下那些汁水。在整个吃石榴的过程中，妈妈都很沉默，她每递给我一块我也不推让。想必是因为产地的关系，母子的这场分食异常平静，平静得有些肃穆。我心里清楚，这奇异的果实是那片土地所出，如今爸爸正长眠在那片土地上。

妈妈上一次吃怀远石榴，很有可能是在她刚嫁过去的时候，或是在生我的时候。

那时，她才二十多岁。那时候，她是石榴花一样的女子。

（摘自《读者》2021 年第 6 期）

# 岁月的美酒

尤 今

这家面向大西洋的露天餐馆，坐落于南非开普敦。

妩媚的紫薇花，在啾啾的鸟鸣声里，着了魔似的，放纵而浪漫地开了一树。海风一吹，浸在春意里的花，便大梦初醒般地徐徐掉落，纷纷扬扬，好似淡紫色的雪。

树下，有木桌、木凳。

长长的木凳上，有两个人，一男一女，长得胖圆胖圆的，肩靠肩，亲亲热热地坐在一起。

男的头发白得很彻底，银亮的光辉优雅地闪烁着；女的呢，三千烦恼丝处在"将老未老"的尴尬状态中，灰褐相杂，很无趣地呈现出苦苦挣扎的情形。

侍者捧来了他们点的东西：大杯的啤酒，还有这家餐馆的招牌菜"蒜泥大虾"。

盘里的虾，有大的，亦有小的。两位老人看了看，不约而同地拿起了叉子，将盘里的大虾挑起来给对方。

两支叉子，中途相遇、相撞，两人相视而笑，多少柔情，尽在不言中。

春天明媚的阳光，像刚刚被洗涤过般清新亮丽，把大地万物照得熠熠生辉；泛着泡沫的啤酒，在玻璃杯里闪出令人难以直视的金色亮光。

两位老人一面慢条斯理地吃，一面絮絮地交谈。

每当女的开口说话时，男的便以含笑的眸子望着她，专注而温柔。女的说得起劲，男的听得用心，此时无声胜有声。然后，轮到那个男的开口了，他言语幽默，每每说不了几句，女的便会发出很响亮的笑声，"呵呵呵、呵呵呵"，笑声落进海风里，海风便裹着它，把它送到更远的地方去。

这时，太阳耀目的亮光和啤酒反射的金光不分彼此地交缠在一起，罩在两张皱纹横生的脸上，看起来就好像是蜘蛛以一缕缕的金丝银线细心织成的两张富贵的网。

这两个人，在年过七旬的金色年华中，共同畅饮岁月酿成的那一坛美酒。生活里共有的甜蜜与沧桑、生命中曾有的成功与失败，都成了无关痛痒的过眼云烟。此刻，他们在意的，是用年轻时的炽热爱情转化而成的这一份温情，努力把暮年那一盏原本黯淡的灯点得更璀璨、更明亮。

（摘自《读者》2017 年第 3 期）

# 准备了二十年的新婚礼物

唐 超

一

"你不好好学习弹棉花，到时候会找不到婆娘的。"老师傅吓唬唐远祥。

"会弹棉花就能找到婆娘？"

"那当然。会弹棉花肯定能找到漂亮婆娘。"唐远祥听得心花怒放，从那以后每天天不亮就起床，背起弹弓弹棉花。

唐远祥生于重庆云阳，在家里排行老小，从小就口齿伶俐、调皮捣蛋。20世纪80年代早期，唐远祥村子里的大部分人都是弹花匠。

20多岁的唐远祥，家里穷，娶不到媳妇，为寻出路，便跟随一位师傅到巫山的供销社学习弹棉花。他整天浑水摸鱼，当一天和尚撞一天钟。

直到听说弹花手艺好能娶到漂亮媳妇，他才认真起来。

当时乡里一个干部家要弹棉被，唐远祥揽下了这单活儿。那家的女儿珍妹长得漂亮，人也特勤快，做饭、打猪菜、照顾妹妹，从不喊累。

唐远祥初次见珍妹，就相中了她，时常一边弹棉花，一边撩拨她："珍妹，你真漂亮。"

"你知道我会弹棉花，这是十分挣钱的手艺活。只要你跟了我，保证不让你这么辛苦。"

珍妹被唐远祥撩得心旌荡漾，心里对他也有些意思。

一年后，唐远祥和珍妹结婚，又先后生下姐姐和我。在我出生前，父亲扛着家什，去过重庆、汉川、荆门、宜昌等地弹棉花赚钱，时常不在云阳老家。

我满三岁前，父亲做了一个重大的决定——和另一位弹花匠谢伯伯举家搬迁到宜昌丘陵地带的一个农村。

二

搬到宜昌，父亲继续做弹花匠，一切都要重新开始。父亲和谢伯伯初来乍到，为避免农户事后称重检查时误会自己贪了棉花，经常背着数十斤重的家什上门干活。

宜昌本地有很多弹花匠，并且十分排斥外来户。父亲为了生存，把价格往下压了许多，这才揽得一些活计。

每年仲秋至年前，父亲最为忙碌。这段时间里人们对棉被的需求量大，因为要为即将到来的冬天或者祝寿、嫁娶等喜事做准备。

有一次，父亲天不亮就牵着我的手，和谢伯伯踩着积雪去农户家干活。与主人寒暄几句后，主人提出几袋已去完籽的棉花过秤。

过秤后，父亲便根据主人家的需求来分装、弹棉被。棉被大概有十斤、八斤、六斤以及一斤半这几个级别，一斤半的棉被是给刚满周岁的小孩的。

棉花分装完毕，主人找出几条板凳摆在堂屋，卸下几扇门板置于板凳上，倒出大半袋棉花。随后，父亲和谢伯伯戴上白色口罩，背上弹弓开始工作。

父亲拿起弹锤"嘭嘭嘭"地敲击弓上的牛筋弦，蘸取棉花。随着牛筋弦的震荡，沾染在弓弦上的棉花如舞女翩跹。棉花纤维散开，飘落在门板上，像一片轻灵的白云，轻盈可爱；又像一团丝丝缕缕的棉花糖，让人忍不住想上前咬一口。

棉团渐渐被均匀地弹成一张棉絮，此时的棉絮十分蓬松，需要用编织成网格状的竹篾按压。然后用一根头部带圆孔的竹条勾网线，一次两股或四股，交错织成斜线小方格，铺满整面。

初品棉被是中间高、四周低，要用一二十斤重的磨盘从中间向四周擀压，让网线和棉絮融合，也使整个棉被厚薄均匀。然后，翻到背面，照刚才的工序再做一遍。

最后，根据主人的要求在棉被上用红线写上"囍""寿""福""阖家幸福""万事如意"等字样，有的主人会要求绣几朵花，父亲也不嫌麻烦地照办。弹棉花单调、辛劳，即便在严寒的冬天，弹花匠也会浑身冒汗。父亲接活以后便滴酒不沾，直到工作结束才会好好喝上一顿。

那天，雪花飘进门来，屋内亦是"雪花"飞舞，一眼望去，已分不清究竟是雪花还是棉絮。

小时候，我最喜欢父亲给嫁娶的人家弹棉花，因为工作结束后，父亲总会分得几包喜糖。父亲背着家什走十几里路，深夜才能到家。他俯下身来亲我，我被他口中的烟酒味熏得哇哇大哭，此时姐姐也醒了，父亲掏出几包喜糖给我们。看见喜糖，我便不再哭泣。

深夜里，父亲舒坦地泡着脚，母亲数着父亲上交的工钱，我和姐姐在床上吃糖果、折糖纸。

那些年，得益于父亲的手艺，一家人的生活安稳、美好。

三

父亲和谢伯伯两个人一天弹三床棉被，本地弹花匠两个人一天能弹四床。小时候，我看两位长辈进度慢，总是很疑惑：他们的技艺是不是没别人好？

父亲解释了一番："儿子，手艺人的工作不是越快越好。弹棉花是慢工出细活，越慢弹出的棉被质量越好。"

20世纪末是父亲弹棉花的黄金时期。父亲的手艺闻名乡内外，甚至有镇外的人开着拖拉机来邀请父亲，帮他搬家什。待完工后，再把父亲送回来。

不管走到哪里，总有人隔着老远跟父亲打招呼："唐师傅，忙呀？"父亲热情回应，对方紧接着上来递烟，父亲因此结识了很多朋友。逢年过节，大家会相互串串门、拉拉家常，久而久之，大家都忘了父亲是外乡人。

眼见父亲名气越来越大，我曾给父亲出主意："爸，您和谢伯伯弹的棉花比别人好，为什么不涨价？"

父亲说："手艺人不能一心只为赚钱，还要考虑自己的名声。在乡亲们那里有口碑，就是少挣点钱，人也活得舒坦。"

随着物价上涨，父亲和谢伯伯每天弹三床棉被挣到的钱，渐渐不够支撑家庭开支。父亲脸皮薄，很难开口与乡亲们商议涨价。

千禧年后，市面上出现很多弹花机，父亲的生意大不如前。母亲让他扔掉弹弓去建筑工地做小工，那样挣得多。父亲想坚守手艺，无奈大势已去。迫于生计，父亲改了行。

四

七八年前，姐姐准备出嫁。父亲兴高采烈地拿出封存已久的家什，给弹弓装上新的牛筋弦，给磨盘涂上蜡油，要弹几床新棉被。

姐姐十二三岁时就特臭美地跟父亲说："爸，我结婚的时候也要你给我弹新棉睡（棉被），还要用红线绣上'囍'字和我的名字。"

父亲神气地说："那当然，我要给你们姐弟俩一人弹几床棉睡，等你们结婚时用。"

那几天，我给父亲打下手，他边干活边跟我唠叨："弹棉花必须会听弓弦的声音，清脆透彻说明棉花弹好了，听见'嗡嗡嗡'的沉闷声，说明棉花还未弹开。网线不能拉得太密，否则容易缠在一起，太稀棉絮容易露出来。磨盘擀压必须使劲，这样棉被才会平整均匀……"

父亲一口气给姐姐弹了八床棉被当嫁妆，并用红线绣上"囍"字和两位新人姓名的尾字。完工之后，父亲继续弹了两床新棉被，收进柜子里。

从那以后，父亲再没弹过棉被，那些弹棉花的家什也已破损残缺：网格竹篾消失不见，弹弓被折成三段，虫蛀了弹锤，磨盘则布满坑洞和泥垢。

家什不再能用，父亲异常珍惜那两床新棉被，不让任何人用。有时父亲会默默把它们抱出来，铺在床上，用手摩挲着，甚至蹲下来闻闻棉被的味道，很久之后才小心翼翼地放回柜中。

去年我回家过年，母亲抱出一床新棉被给我盖，父亲嗔怪道："不是还有旧的吗？"

母亲说："儿子难得回家，应该盖新棉睡。"母亲不理会父亲，把新棉被装进被套。父亲叹了口气，悻悻地离开卧室。

离家前，我忍不住问："爸，您干吗舍不得给我盖新棉睡？"

"儿子，你结婚时爸爸不能给你弹棉睡了，我想着把这两床新棉睡留着你结婚用。"

顿了顿，父亲又说："爸爸是不是不中用了？"

（摘自《读者》2018 年第 7 期）

# 被温柔对待的瞬间

张佳玮

我在上海住时，看见一个湖北馆子，灰扑扑的，貌不惊人，只是门楣上"热干面"三个字触动了我的情肠——我在武汉户部巷吃过两次热干面——于是推门进去。店堂不大，略暗，老板和桌椅一样方正，色黄蜡，泛油光。但老板端菜上桌，顿觉人不可貌相。

热干面，煮晾得很像样。面筋道，舌头能觉出芝麻酱粗粝的颗粒感，很香。

一份豆皮，炸得很周正。豆皮香脆，糯米柔软，油不重，豆皮里除了常见的笋丁、肉粒和榨菜，甚至还有小虾肉碎，咬上去脆得"刺"一声，然后就是口感纷呈。老板说是"因为上海客人爱吃"。

一份吊锅豆腐，用腊肉烩豆腐干，豆腐先炸过，表面略脆，再烩入腊肉，汁浓香溢。

　　吃完结账，老板不好意思地说："店里环境不太好，不过我们有外卖！"说完，他给了我一张名片，指指电话号码。

　　后来我打电话叫外卖，有时会这样：

　　"今天要一份豆皮、一份热干面……还有什么？"

　　"有糍粑鱼、粉蒸肉、吊锅豆腐、玉米汤、武昌鱼、辣子炒肉……"

　　"那要一份粉蒸肉、一份吊锅豆腐、一份玉米汤……"

　　老板便打断我："这么多，你们两个人吃不掉！听我的，一份粉蒸肉就可以了，我再给你配个。"

　　"好。"

　　外卖送来了，老板隔着塑料袋指："这盒里是粉蒸肉，这盒里是豆皮，这盒里是热干面……这瓶是绿豆浆。"

　　"绿豆浆？"

　　"嗯，我弄给自己喝的，很清火，很好喝。"

　　"菜单上没见过这个啊！"

　　"嗯，是我自己做的。还有这盒里是洪山菜薹，我给你炒了一下。"

　　"这个你的菜单里也没有。"

　　"没法供，这是我老婆从武汉带过来，我们自己吃的。如果卖，一天就卖完了。"

　　"那怎么算钱呢？"

　　"这两样算我送的。"

　　2012年秋天，我离开上海，到了巴黎。巴黎也有外卖，但基本限于汉堡、土耳其烤肉和比萨，而到晚上还服务的，甚难见到。隔了一年，我回上海，为了方便起见，在离原住处甚近的酒店订了房间。到晚上，肚子饿了，我拨了湖北馆子的电话。电话响了两下，就接通了。

"现在还开店吗？"我问。

"开的。"

"那要一份豆皮、一份热干面、一份粉蒸肉、一份糍粑鱼，我一会儿就到，菜先炒着吧。"

"好。"对面应了一声，隔了一会儿，很温和地补了一句，"回来啦？"

"是，回来啦。"

（摘自《读者》2017 年第 24 期）

# 我能抱一下你吗

于 莺

　　一天，血透室送过来一个病人，是个老年人，80多岁，之前的疾病是前列腺癌合并肾癌，发生肾衰后进行透析，透了一年多。血透室送过来的时候说这个病人血透时血压低，发热，于是直接送到了我们抢救室。

　　这位老先生是离休老干部，公费医疗，全额报销。了解到这种情况，我悄悄跟年轻的大夫说，看来他们家什么（治疗手段）都会用。病人的老伴来了，80岁左右，穿戴很整齐，话很少，静静地在一边坐着，一看就知道曾受过高等教育。她女儿是一个40岁左右的中年女性，穿着很朴素，从外表根本看不出来自高干家庭。

　　我跟她们讲："老先生前列腺癌合并肾癌，要透析。现在他感染性休克，我们目前的抗休克治疗方式是要补液、扩容，把抗生素、激素用上，如果血压还上不来，我们就要给他用血管活性药物。但问题是，如果我们

172·

把这么多药液输进去，他可能会因为肾衰而没有尿，所以还必须用床旁血滤来保驾。这样下来，一天的治疗费用大概要1万块，对于医保病人来说可能承受不了，但对公费医疗的病人来说没有问题，可以全额报销。"

停了停，我接着对她女儿讲："但是老先生80多岁了，之前就有两个肿瘤，这一次我们即便竭尽全力把他救过来，他也很可能回不到病前的状态。其实他得病前就已经很虚弱了，这一次我们花很大的人力物力把他救过来，可能过不了一两个月，又会出现第二、第三次风险，且一次比一次厉害。更何况这一两个月他身上会插满管子，非常痛苦。"

我不说了，等待她们的反应。

女儿向妈妈求助："妈妈，怎么办？"

老太太想了想，说："我老伴得肿瘤这么多年，已经花了国家很多钱。我们不想让他受罪了，不折腾了。"

后来，我们采取折中的方法，每天控制输液总量，只输消炎药和能量液，比如一点点脂肪乳，一点点氨基酸，一点点葡萄糖，能撑多久撑多久。其间，血透室大夫也来看过，并跟她们讲，即使闯过这一关，之后病人每周需要透析3次，生活质量也不好。

大概撑了3~5天，病人不行了。最后，老先生走得很平静。家里人也很平静，她们只是静静地掉眼泪，边掉眼泪边收拾东西。

凌晨3点，她们把老先生的遗体送到太平间，收拾好东西，护士也已经把患者的床收拾干净。这时我从抢救室向外走，走到急诊大厅，发现母女二人在那儿等我。

女儿说："于大夫，特别感谢你，最后的时刻我们也犹豫过要不要积极抢救，但是你说的话，我和我妈妈都认为很对。虽然我父亲走了，但他真是没有受太多罪，我们能够接受。非常感谢你。"

顿了顿，她说："最后，我们有个请求。"

我当时一愣。

"我能抱一下你吗？"

（摘自《读者》2019 年第 10 期）

# 我们都脆弱

张　春

那大概是爸爸去世的第十年。妈妈和我一起办什么事，她突然说："有的时候，我看到人家用轮椅推着自家流口水的老头儿，都觉得很羡慕。你爸爸要是在世，即便是那个样子，我也会觉得很幸福。"

我完全不理解这句话。怎么可能呢？如果家里有一个那样的人，不是落入了无底洞般的艰辛吗？难道不是会令每个人都痛苦吗？

这次对话虽然离现在不过几年时间，我的想法却好像发生了许多变化。当时我还和许多年轻人一样，想着万一自己得了什么绝症，肯定不会去医治，反正也只是花钱续命；我不想花光家里的钱，不想让他们人财两空。

按那种想象，好像人濒死的时光会是一生中最美好、最痛快的。这几年，我才渐渐明白其中的荒谬之处。

有段时间，我非常害怕妈妈会死掉，只要她发的信息语气不对，我就非常紧张，千万个坏念头在脑海中闪过。

"那我还不能死啊，我要活到你不怕我死的时候。"她听完这样说。

另一个念头我没有对她说过。曾有一段时间，我总是想着自己只活完妈妈在世的时间，她不在了，我就可以去死了。

母亲生下一个孩子，当自己不在以后，孩子可以继续生活下去，孩子的孩子再继续生活下去。我不能把这个残忍的念头告诉她，直到现在。现在我已经不这样想了，我想，即使她不在了，我也要好好活下去。

她转发了一篇《母亲生病怕耽误孩子，瞒着孩子一直到去世》的文章，说看得流泪。我勃然大怒，跟她说："你可别这样啊！这对母子做这种事太傻了，根本没有这个必要，一点儿也不感人！"她说，她当然不会这么做，只是在想自己为外婆做得不够。

我想我们已经沟通好了，我不必担心她会做傻事，也不必担心她会不相信我。

妈妈患面肌痉挛已经十几年了，没有大碍，却很折磨人。这种病通过手术可以解决，她也联系了医生，只差下决心了。她的好朋友们叫她赶紧去做手术，她们自告奋勇要照顾她。

妈妈跟我讲的时候说："我去做手术，当然是让我女儿照顾我啦，要她们做什么！真可笑！"

听她这么说，我心里好暖。"谢谢你这样讲。"我差一点儿脱口而出。

"而且，我觉得你肯定会把我照顾得很细致、很好。"她又说。

其实，没那么好。陪她做手术加上恢复期，我们一起过了 30 多天。我离家快 20 年，我们很少在一起待这么长时间。她哼哼唧唧、不听话或者啰唆的时候，我仍然会吼她。

她问:"你总是凶我做什么?"

我答她:"久病床前无孝子!"

医院的伙食太差了,我溜出医院吃好吃的,还发照片气她。她也真的很不像话。在我心目中坚不可摧的妈妈,那时候的形象完全被她颠覆了。在我看来,她会有点儿夸张地描述自己的不适:哪里哪里痛,眼前发黑,头晕目眩。我这才发现,她平时身体真的还可以,所以这些不适才会让她这么恐慌。而我,一个资深病人,精神不济、背痛的情况差不多时时刻刻在发生,所有痛楚早已隐忍于心。

我告诉她:"你就是没生过病,所以才这么害怕,这些不舒服,很多普通人都会有的啦!真没想到,我的妈妈居然是个娇滴滴的妈妈!"

她并没有忌口,只是手术刚结束时有些吃不下东西,却整天感到饿,饿了就会更馋。想吃什么,她自己没有体力做,只能叫我做。

我不太喜欢做饭,也不太会做,她就逼着我烧肉、烧汤、炒菜,给她买糖炒板栗。她教我做菜,一只手扶着门框,一只手扶着自己的头,靠在门边指挥:"现在放盐,尝一下,把扁豆放进去,放点儿水炖一炖……"她拖着虚弱的身体,教会了我冬瓜烧肉、瓠瓜烧肉、土豆烧肉、扁豆烧肉、红烧鱼。她为了哄骗我多做饭,每次做饭时都旁敲侧击:"别说,你做菜还真有点儿天分呢!"

"吃饱点,半夜饿了就喝芝麻糊吧。"

"不过你不在,他们也能搞好的,对吧?"她为耽误我的工作而感到不安。

"对,但是有我在会更好。"我毫不安慰、毫不掩饰地告诉她。

"那怎么办呢?不然你就早点回去?"她试探着问。

"我在这里更好,又没有别的妈可以伺候。"

"嗯，我也不是常生病。"

"是啊，好不容易才摊上一回，我要珍惜机会。"

"要得，要得。"

不知道她感觉如何，但我那个月过得非常幸福。我总是反复记起当时的许多事，并且在心中微笑。就像我把那些时间放进了花篮，时不时取出一朵来欣赏。尽管是我在照顾她，却尽情地做了一回女儿。

这真的很有趣。2003年，我病重，是她照顾我。我却经常梦见我把她气死了。我总是梦见她被我气得扎进水井——我的心一下被抽空，窒息感袭来，挣扎好几分钟才能醒过来，醒来之后常常哭得止不住。

当时我明明最虚弱、最无力，却担心着不要气到她。现在这个有力气的我在故意气她，却觉得很幸福。2003年，我20出头，心高气傲，妈妈也正年轻力壮。我们两个都像钢铁一样坚强。

我的同学问我的爸爸怎么不来医院看看。爸爸已经去世了，当然不会来。我和妈妈却一起说："他忙。"

生活不能自理的我，瘫痪在床上，用尽力气唱歌："继续信赖，幸福仍然列队在等待，我们的到来……奇迹终会存在……永远，魔幻的蓝天，永远驱散那黑暗……"她瞒着我，独自出去放声大哭。我们都很痛。我经常梦见我把她气死了，而她不知能去哪里求菩萨，把我的病转移到她身上。

保持坚强的两个人，就像镜子照着镜子，照得人越来越亮，感情却埋藏得越来越深，什么都表达不出来。痛铺天盖地地生长着，让人透不过气来，无处可去，只好沉入自己的心，沉入对方的心。

也许人依靠坚强能勉力活下去，但依靠脆弱才能感到幸福。我们依靠着彼此的坏毛病，彼此抱怨。我们谁都改不了，我讥讽你、抱怨你，因为我知道你改不了，我也改不了，我们就是这样一直爱着彼此。

你是改不了的，但我还是爱你。你不用改了，反正怎么样我都爱你。就算你费劲去改，我也没法更爱你，大概会更喜欢你一些，但爱是一样的，都是那么多，那么不能改变。我的爱牢固极了，你的缺点是改变不了的，好处也改变不了，什么都改变不了。我相信你对我也是这样的看法，特别简单，就跟石头一样。

我又想起她说的，羡慕别人家的老头儿坐在轮椅上流着口水。爱，就是一起生活，在艰辛中去爱。反正总是要忙活，总要度日，与其忙别的，不如为这个爱着的人忙碌。如果我还会生病，我会好好体会被爱的感觉。我还希望妈妈尽量活得久一些，哪怕她在轮椅上流口水，我也会觉得很幸福。我已经完全明白了这是什么意思。

（摘自《读者》2020 年第 13 期）

# 邝阿姨的舞蹈课

华明玥

去养老院看望姑婆时，我遇到了邝阿姨。彼时，邝阿姨与老伴正在办理入住手续。与绝大多数入住养老院的老人不同，邝阿姨收拾得很精神。她不仅带来了行李、书籍、十几个有家人照片的木制相框，还带来了几盆盆栽、一架电子琴和一对迷你音箱。养老院的钟院长调侃她说："邝老师，你是把家里所有有趣的东西都搬来了呀！"邝阿姨的神情有些黯然："您说错了！我是把家里九成有趣的玩意儿都舍弃了，才搬来的！"

攀谈之下才知道，邝阿姨能歌善舞，当了一辈子幼儿教师，与身为大学教授的老伴原本过得很幸福。谁承想老伴杨老先生一过 75 岁，就患上阿尔茨海默病，病情发展迅速，仅过了两三年，就不太认得人了。他质问买菜归来的保姆："你是谁？为何突然在我家里？你有什么目的？"充满警觉的质问令保姆瞬间流泪，说什么也要辞工离开。老先生亦时断时续认不出老伴，但还好，记忆底片上愈发模糊的印痕告诉他：这位清瘦的老太太他在哪儿见过，她不会伤害他。

鉴于儿女都在美国定居，孤立无援的邝阿姨只能谋划送老伴去养老院。一般来说，她可以留在家里，维持相对安宁、体面的生活。但邝阿姨想了三天三夜，泪水打湿了枕巾，实在不放心让老伴一个人面对陌生的环境。邝阿姨做了她一生中最艰难的决定：卖掉家中舒适的房子，处理了她花几十年工夫添置的胡桃木家具、钢琴和大部分图书，随老伴一同来住养老院。

这么一来，邝阿姨的生活领域和精神空间迅速收窄了，她没法外出旅行，没法弹钢琴以自娱，没法与昔日的学生一起喝茶，甚至，没法抽出半个小时来，与老姐妹一同去跳广场舞。一两个月之间，她原本温热的手变凉了，连被皱纹包围的明亮的眼睛，也黯然失神。

为了帮助邝阿姨适应环境，钟院长和她一起欣赏舞曲，问她："邝老师，你还记得这些动作吗？还能跳吗？"

迷你音箱里播放的舞曲，大部分充满新疆风情，邝阿姨一面示范动作，一面对我们说，当年选这些舞蹈在广场上跳，是因为大部分老姐妹退休之前都是文员、老师、财务工作者，伏案工作一辈子，颈、肩都有问题，跳这种舞有利于康复。果然，俏皮的舞曲一飞出，邝阿姨就像换了一个人。头颈、肩背、双臂的转甩摇荡、耸动飞转，眼神的追踪、手指造型的变换，就好像魔术师在台上变出花朵来，一朵又一朵。显然，连邝阿姨自己，都被这生命的愉悦惊到了。

钟院长于是邀请邝阿姨担任舞蹈康复科的老师。她说："我们这儿的大多数老人整天坐在轮椅上呆望，看到他们灰暗的眼神，我心里就不好过。太阳落山前还要泼出所有的颜色，辉煌个十几分钟；做人，怎么能没有奔头？"

于是邝阿姨就在自己 78 岁这年开班教人跳舞，我的姑婆，81 岁，成了她仅有的几位行动便利的学生之一。姑婆说，很神奇，音乐一响，那些成天在轮椅上枯索呆坐的老人家，眼睛里都有了光彩。她们摇着轮椅去康复教室门口，七八颗白发稀疏的脑袋凑在一起，热切地观望、议论起来。她们年纪都很大了，脸庞皱缩成小小的一团，浑身上下只有双臂因为摇轮椅还有一点儿肌肉。她们开始梳头发，换上漂亮的花衬衣，互相推搡怂恿，看这些上厕所都要人帮忙的老太太，谁有勇气成为邝老师的徒弟。

邝阿姨当然收了她们。她说，就算腿不能跳，手臂也能活动摇摆，头颈也能传情达意，这就是胜利。邝阿姨教跳舞，不但免费，还自掏腰包网购了饼干等点心，为学员加餐。她本人也深受鼓舞，觉得养老院的日子终于可以过下去了，陪着时而言语不清，时而糊涂迷惘的老伴儿，也不全是委屈。

最近，姑婆带来的新消息是，已经全然认不得老伴的杨老先生，观摩了几节舞蹈课后，十分渴望与利落敏捷、神采奕奕的舞蹈老师约会。养老院的护士逗他说："想追我们邝老师可不容易，您起码得把西装穿利落了，把口袋巾叠得漂漂亮亮的。"

据说，邝阿姨从衣箱里拿出老先生已经 5 年未穿的西装时，脸上带着笑，眼里却全是泪。

（摘自《读者》2020 年第 22 期）

# 老手表记

肖复兴

上中学的时候，有一位女同学和我很要好。我们两家住在同一条老街上，几乎门对门。她常来家里找我，我们一起复习功课，一起读诗，一起聊天，一起度过青春期最美好的日子。

高二暑假过后，她来我家，我忽然发现她的腕子上戴着一块手表。那个年月，手表是稀罕物，是所谓缝纫机、自行车和手表"三大件"之一。大人中戴手表的都很少，我家生活拮据，父亲只有一块有年头的老怀表，却不是揣在怀中，而是挂在墙上，当成全家人都能看得到的挂钟。一个中学生戴块手表，更是少见。

我知道，她出身干部家庭，生活宽裕。那是1965年的秋天。她腕上的这块手表，映着透过窗子照进来的夕阳，一闪一闪的，像跳跃着好多萤火虫，让我的心里涌起一种说不出来的感觉，仿佛童话里贫儿望见公主头上戴着闪闪发亮的皇冠。她大概发现我在注视她的手表，对我说了句："暑假里过生日，我爸爸给我买的。"说着，一把从腕子上摘下手表，揣进上衣的口袋里。这块手表，忽然让她有些不好意思。

这块手表，一直闪动着，伴随我们一起度过中学时代。高三毕业，学校停课了，大学关门了，前面的路渺茫，不知道等待我们的是什么。1967年的冬天，我弟弟报名去了青海油田，他是我们这一群人中第一个离开家离开北京的。那一晚我们到火车站为弟弟送行，她也去了。火车半夜才开走，她家大院的大门已经关闭，她回不了家，只好跟着我们院子的几个孩子，一起来到其中一个孩子的家里，大家都是同学，从小一起长大，彼此很熟悉。那个同学家的屋子很宽敞，家长很宽容，让我们几个孩子横倚竖卧地挤在各个角落里，度过了那个寒夜。

在一张餐桌前，我和她面对面地坐着，开始还聊天，没过一会儿，就都困了，脑袋像断了秧的瓜，垂到桌子上，睡着了。一觉醒来，我看见她双手抱着头，还趴在桌上睡着，随着呼吸，身子在微微地起伏，腕子上的那块手表，嘀嗒嘀嗒跳动的声音特别响，在安静的房间里清脆地回荡，像是有什么人迈着节奏明快的步子从远处走来。窗外，月亮正圆，月光照进窗子，追光灯一样，打在手表上，让手表如舞台上的主角一般格外醒目。我看清楚了，是块上海牌手表。

那一晚，这块手表的印象，留在了我们分别前最后的记忆里。半年多之后的夏天，我们两个人前后脚去了北大荒，两家各自的颠簸与动荡，让我们都走得那样匆忙而狼狈不堪，没有来得及为彼此送别。我们从此南北东西，天各一方，有怅寒潮，无情残照，断了音信。

1970年，我有了第一块手表。那时，我在北大荒务农，弟弟在青海油田当修井工，有高原和野外工作的双重补助，收入比我高很多，他说：

"赞助你买块手表吧。"那时候手表是紧俏商品，国产表要票券，外国表则价高。我本也想买块上海牌手表，却无法找到手表票，弟弟说那就多花点儿钱买块进口的表吧。可进口的手表也不那么好买，来了货后要赶去排队，去晚了，排在后面，就买不到了。我中学的一个同班同学被分配在北京工作，我每一年从北大荒回家探亲，都要和他叙叙友情。听说我要买表，他自告奋勇地说："这事交给我了！"我有些不好意思，因为他要赶早去排队，得请假。他却对我说："你就甭跟我客气了，谁让我在北京呢！"

他家在花市头条。为万无一失买到这块表，天还没亮，擦着黑，他就从家里出来，骑上自行车，穿过崇文门外大街，再穿过我家院前三里多长的整条老街，赶到前门大街的亨得利钟表店排队，排在了最前面，帮我买了块英格牌手表。那天，下了整整一夜的大雪，到了早晨，雪还纷纷扬扬。

那时候，他自己还没有手表，这让我很过意不去。他对我说："你在北大荒，四周一片都是荒原，有块手表看时间方便。我在北京，出门哪儿都看得到钟表，站在我家门前，就能看见北京火车站钟楼上的大钟，到点儿，它还能给我报时呢！"

1974年的冬天，在分别整整7年之后，我和她重逢了。那时候，我已经从北大荒回到北京，在一所中学里当老师；她作为第一批工农兵大学生刚刚毕业，留在哈尔滨工作。她从哈尔滨到上海出差，途经北京，找到我家。尽管早已物是人非，但我一眼看见她腕上戴着的还是那块上海牌手表，不知为什么，心里竟然一动，仿佛又看见了中学时代的她，也看见了那时候的自己。那块手表成为我们逝去青春的物证和纪念。

我的那块英格牌手表，一直戴到1992年的夏天。那时候，我正从西班牙到瑞士，刚刚从苏黎世出海关，那块英格牌手表突然停摆了。回到北京，拿到钟表店去修，师傅说表太老，坏的零件无法找到配件，没法修了。想想，这块瑞士产的手表，居然在踏进瑞士国土的一刹那寿终正寝，冥冥之中，实在有些匪夷所思。

人生如梦，转眼28年过去了，我将这块英格牌手表，一直压在箱子底，没有舍得丢掉。看到它，我会想起为我买这块表的那位同学和那天清早天色蒙蒙中纷纷扬扬的雪花，也会想起我的那位女同学和她的那块上海牌手表。几番离合，一晃，我们都老了，老手表记录着我们从学生时代到如今50余年绵长的友情。

很久没有联系了，年前一个大风天的下午，我没有出门，座机的铃声响了，竟然是她的电话，熟悉的声音，即使隔开那么长的时间，隔着那么长的电话线，我还是一下子就听出来了。我有些意外，她说她的电话簿丢了，偶然看见一本许多年前的老电话簿，上面的电话号码都是她父亲的一些老同事和她自己的老朋友的，便一个一个地拨，大部分电话都打不通，没想到我的打通了。

我告诉她，我的电话号码一直没变，手机和座机都没有变。我一直觉得，很多老的东西，是值得保留的，保留住它们，就是保留住回忆，保留住自己。逝去的岁月，不堪回首也好，五味杂陈也罢，就像卡朋特的歌里唱的那样，它们能让昔日重现。所谓"野渡无人舟自横"，舟在，人便在，渡口的水也就荡漾起旧日的涟漪。

电话里，我们聊了很多，其中就有昔日的回忆，花开一般重现。放下电话，我又想起那块上海牌手表，那表已是老古董，她肯定早就不戴了。不过，我想，能保留着老电话簿，保留着老朋友的友情，她一定也会和我一样保留着那块老手表。

我想起当年一起读过的济慈那首有名的诗《希腊古瓮颂》里面的句子：

你竟能铺叙／一个如花的故事，比诗还瑰丽。

等暮年使这一世代都凋落，／只有你如旧。

济慈的诗是写给一只古瓮的，把它送给我们的老手表——上海牌手表、英格牌手表，也正合适。

（摘自《读者》2021 年第 10 期）

# 两位小保姆

刘醒龙

小时候住在山里，每当黄昏来临，如果没有别的事情，我就会出神地望着远处山腰上的那棵大樟树。传说黄昏是一天当中灵魂开始出没的时候，月光落地，清风入夜，这些都是它的背景。

女儿尚小的那几年，家里前后请过几位小保姆。之所以做不长，多是因为她们思家心切，但也有两位例外。

早来的那个女孩，初中毕业。朋友特地介绍说，她家离大樟树只有两里路。大樟树是一棵有名的树，那地方原本叫满溪坪。也就二三十年的时间，作为地名的满溪坪就没有人叫了，而换成了大樟树。女孩来之前在山上采茶。一见面我就问她，那棵大樟树还在不在。女孩回答说，在，已被县里列为重点保护的古树了。

女孩一来就明确地表示自己最多做半年。我开始还不太在意，以为是想家的另一种说法，后来才发现女孩是当真的。她之所以愿意出来，是想挣钱给父亲治病。从中介绍的朋友先前就说过，女孩的父亲患了食道癌。所以，女孩拿到第一份工资后就委托我们替她存起来，连一分钱都舍不得花。

女孩来我家正好半年的那天晚上，她突然对我们说，她要去汉口中山大道的某个地方买能治食管癌的药。女孩要买的那种灵芝做成的药，已不止一次在媒体上被披露，其治癌的功效是假的。女孩言之切切的样子让我们不好直接提出忠告，我只好答应说，我先去看看情况，然后再带她去。我费尽心机地将披露相关情况的文章找出来，放到她的房间里，希望她看过后能改变主意。在接下来的几天里，女孩反而更加迫切地反复催问我们，何时让她去汉口买药。从汉口回来后，她一分钟都不肯等待，当即就要去车站。她说："我要给父亲送药回去。"

送别的路上，我有些恍惚。坦率地说，这半年我们对女孩的表现并不是十分满意。在车站里，她上了车后，回头默默看我的那一眼，突然让我感到心酸极了。

几年后的某一天，在东湖边的一家咖啡馆里，很静的时候，忽然听到邻座的人轻声提及一个曾经耳熟能详的名字。女孩走后不到一年，这种曾名噪一时的所谓特效药，便从社会信息传播途径中全面消失了。邻座的人说，他父亲生病后认为癌症是不治之症，不肯吃药花冤枉钱，也不知为什么，大概是广告做得太诱惑人了，父亲突然同意试试这种药。他花了几万元买回来的药，父亲还没吃完，就走了。其实，他明白那药是假的，可是父亲都病成那个样子了，做儿子的还能做什么呢！他的声音听起来十分深情，但从面容上看，他十分平静，就像长在几里外的大樟树，即使风暴来袭，也吹不动它一片叶子。

乡村的大樟树是一种活生生的哲理。在远处遥望樟树的人，内心比每天都能享受樟树荫蔽的人还要丰富。明白真相后，我们的内心变得格外无助。

之后来家带孩子的第二个女孩，心地十分善良，女儿和妻子十分满意，过年时，我还专门开车送她到离家最近的小路口。说好过完年她就回来，并且我将回程的车票钱都给了她。我远远看着女孩穿着妻子送给她的那件红色呢绒大衣，在冬日的原野上一路走走停停。我们一直等她到正月底，仍没有任何音讯。难得这个女孩让全家都很满意，她的不辞而别，对我们来说是一个小小的打击。我们决定不再找小保姆了，家务事请钟点工来做，孩子则由自己来带。这样过了半年之后才听说，那个女孩非常想再来，却没有钱搭车来，因为连同我们给的返程车票钱，她都给了母亲，一半用作长期卧病不起的父亲的医疗费，一半用作年后弟弟上学时的报名费。我得到消息的时候，女孩已再次来到武汉，跟着同村人一起在离我们家不远的一个建筑工地上做零工。

几年之后，妻子还时常提起这个女孩，想不通那个工地离我家如此近，她到武汉后，即便不来打个招呼，怎么也不肯来个电话呢？或许，是那张返程车票梗在中间，成了打不通的大岭关山。女孩一定觉得自己做得不好，拿了人家车票钱，人却不来。

其实，真正惭愧的是我们，我们在衣食无忧的生活中过得久了，用以体察周围的智慧锈蚀了。灵魂出现在我们身边，并非总是伴随命运的起承转合。有时候，它宁可成为一张车票，或者干脆就是一包借灵芝之名的药。

（摘自《读者》2020 年第 8 期）

# 从前慢，过日子是一蔬一饭

沈嘉柯

父母跟着我搬家到城市已久，我总有时间过得太快的错觉。匆匆忙忙，我去了很多地方，给很多大学作讲座，出很多书，见很多人，怎么匆匆忙忙又要过年了？好几年懒得折腾，年夜饭都是自助餐或在酒楼解决的。我问父母，今年想吃什么。

这个问题问得意兴阑珊，现在丰衣足食，不缺吃，吃什么都没胃口。鸡鸭鱼肉、海鲜、进口水果和零食，平时吃得太多，腻味。

我母亲说："今年我们吃自己种的小白菜。"我难以置信，在哪里种的？

母亲嘿嘿发笑，"就在你窗台外面，我看你有时候午睡，就叫你爸锄掉杂草，挪了半米。我不止种了小白菜，还有小葱和两棵茶花。"我乐了，真是服了他们。上个月下雪，站在窗前，瞧见一溜儿青翠欲滴的小白菜，十分养眼。

想起从前的一顿年夜饭，我拿着大人给的钱，一溜小跑去买酒买汽水。大人心里都琢磨好了，给的钱总要比买东西的钱多一点，小孩子才腿脚勤快。

我母亲上午砍好莲藕和排骨，砂锅铫子慢慢熬。冬日黄昏时，慢炖出的香味钻进鼻子，萦绕灵魂。藕块粉糯，排骨肉质细嫩，说不出的鲜美。好汤必须慢工夫。这只是其中一道菜。其他原材料，提早去集市趁着新鲜，挑好带回家。这个任务，通常是交给骑自行车的父亲去办。

既然出门，我就坐在父亲的后座一起出门。父亲一路慢慢骑行，我东瞧瞧西看看，路边遇到卖油炸米饭团子的，我馋嘴想吃，就停下来。遇到熟人同事，父亲的车子再停下来，大人们聊天说事，我自个儿在边上玩。父亲不厌其烦买好东西，一整天过去，我也尽兴而归。

肉食还要蔬菜来配才好。有什么菜比自己家种的更靠谱？也不用多，就把二楼那个最大的阳台直接开辟为小菜园。自家种菜自家吃，本来就是我家的传统。

城市那么大，父亲现在还是喜欢骑着自行车去附近的批发市场买菜。我已长大，不再坐他的车子后座。但有了这些记忆，我便成了心中怀有珍宝的人。

从前父亲想吃一样菜，母亲做好那样菜，花的功夫、费的心思，远比现在多。

再说回咱家的小白菜吧。他们种菜，我一棵一棵采摘好，凑个热闹，下锅小炒。自家种植，经冬过雪，这菜格外清甜。其实这不过是一道普通的菜，悠悠时间，累积的却是无形的滋味。

木心赞美"从前慢"，说"从前的日色变得慢／车、马、邮件都慢／一生只够爱一个人"。表面上这是在说爱情，其实赞美的还是人情味。

世上好吃的东西吃多了，不过如此。世界上匆匆忙忙的事烦了，就忘了初衷。我们并不是什么大英雄，也没有世界要拯救。我们赚了钱，就该花在喜欢的人和生活上。

从前慢，过日子是一蔬一饭，最该重视的，还是和至亲至爱的人一起慢慢吃饭。

（摘自《读者》2019 年第 11 期）

# 那个一生都在暖场的人

刘小念

一

老陈是我的初中同学，他个头不高，长相普通，成绩垫底，在学校，不是个讨喜的孩子。可他似乎感觉不到大家的嫌弃，相反，对谁都掏心掏肺，任劳任怨。

初中三年，他几乎天天第一个到校，把班里打扫得干干净净。不管谁跟谁发生口角，他总会过去劝解，有时会挨骂，甚至挨揍，但他从不在乎。

大家习惯了他替我们承担班务，却从没人跟他说声"谢谢"，甚至有人给他取了"劳模"的绰号。大家说这两个字时，满满的都是取笑和讽刺。

在选班干部时，有人偷偷串联，共同选排名倒数的他当学习委员。结果，班主任勃然大怒地质问老陈："你小小年纪，居然学会收买同学了！"14岁的老陈因此被罚站了两节课。

我看不过去，趁课间给他送水，他却傻傻地说："快回去，让老师看见，也会罚你的。"回班级后，我将一瓶水都倒在那个串联大家选老陈的主谋的书包里，还说了一句："你们真是太过分了。"

那瓶水，多多少少浇灭了我们班乌合之众的霸凌心态。可站在走廊尽头的老陈，时至今日都不知道这件事。他傻傻地认为自己人缘很好，就算老师不让他当这个班干部，也值了。

那天之后，他对大家更加友善殷勤，就像一个家庭里的老大那样，不管别人是否需要，他都不由分说地关心与帮忙。而不可思议的是，这种亲近，他保持了一辈子。

二

初中毕业时，全班57个同学，大部分考进了重点高中、普高，一小部分念了职专、技校，只有老陈辍学了。拍毕业照那天，老陈眼含热泪，跟每个同学拥抱，向每位老师鞠躬。那时候，我们都以为，和他的人生不会再有什么交集了。

可步入社会的老陈就像一个黏合剂，用让人不忍拒绝的热情，使班里57个人没在岁月里走散。老陈第一次张罗班级聚会，是在初中毕业一周年时。那一年里，他在工地当小工，整个人变得又黑又瘦。曾经有同学在放学路上看到过他，每一次，他都不由分说地请同学喝瓶水或吃根雪糕，像个家长一样嘱咐同学："一定要好好学习，搬砖太苦了。"

　　班级的第一次聚会是在大年初三，一共来了37个人。那时候，很多家庭都没有电话，老陈就挨家挨户去通知。聚会那天，老陈忙里忙外，几乎没怎么吃东西。但他看着我们吃吃喝喝、有说有笑，开心极了。他一直在问大家菜够不够，还要喝什么，并一一告知我们其余20个同学不能来的原因。

　　最后，大家吃饱喝足时，他悄悄结了账。我们知道这样不合适，可当我们想把钱给老陈时，他眼睛都红了。"谁的钱我都不要，你们又不赚钱，你们能来，咱班同学还能聚在一起过个年，我就觉得很有面子了。"

　　再后来，老陈每年大年初三都会把同学们聚在一起吃个饭。可是，来的人越来越少。最少的一次，只有班长、我、老陈和另外两个同学。那天老陈很失落，他要了一瓶啤酒自斟自饮。他说自己人微言轻，大家看不起他这个"打工仔"。我和班长向老陈承诺："以后的聚会，不管别的同学来不来，我们俩一定跟你一起过。"听到这话，老陈流泪了。

　　从那以后，每年的初中同学会依然进行着。尽管有的同学已经连续好几年不参加，但每年，老陈还是会通知。我们问他："何苦呢？"他说："就算不来，知道他们现在过得怎么样也行。"

　　在那几年里，老陈熟知每个同学的家庭状况。哪位同学家里有事，他都义不容辞地去帮忙。包括对当年的老师，逢年过节，他一定提着礼物登门拜访。老师们常说，陈闯不是他们教过的最有出息的学生，却是最懂感恩的那一个。

　　人心都是肉长的，老陈就这样，用他不管不顾的热心，温暖着周围的人。

## 三

后来，老陈去东北当了一名矿工。我们是在微信朋友圈知道这条消息的。他说自己要像父辈那样闯关东，不混出个名堂就不回来见江东父老。看到这条朋友圈，我给老陈打了个电话。电话里，我对他说："不管你走多远，大年初三，我和同学们都等你回家。"电话那边，老陈泣不成声。

矿工的生活很艰苦，但有了同学群的老陈永远活跃。他每天早晨 5 点准时问候大家早安，每天下午 5 点再发一张他从井下回到地面的自拍。他从来不说有多苦，可是，透过那些照片，我们可以想见他的辛酸。每当有同学说自己际遇不好时，我们就会接力般发老陈的自拍照。跟他相比，我们没有资格沮丧。

2015 年春节，是老陈闯关东的第一个年头，我们都以为他不会回来了。可大年初二，我们如期收到他的聚会通知。他说："一年就盼这一天，没有这一天，下井挖煤都没劲。"

那一次，全班 57 个人，来了 39 个，和前几次比是人数最多的一次。那天，老陈喝多了。他眼含热泪地跟每个人掏心窝子，尤其是那些第一次来参加聚会的，他卑微地感谢着。尽管已微醺，可多年不见，他依然记得大家的名字、家庭住址、上学时的琐事……

那天，很多同学在那样的老陈面前，也都落下热泪。老陈用他十年如一日的热情，甚至带着傻气的坚持，让我们重新拥有了一个集体，让我们历经世态炎凉后，又相信了一些什么。

从此每年同学会，"打卡"的同学越来越多。大家的感情，也因为老陈十年如一日的暖场而保持温热。

2018 年，初中同学肖爽的爸爸患了胰腺癌。远在黑龙江的老陈是第一个知道这件事的，他在同学群里希望大家有钱出钱，有力出力。而他自己，则直接去了北京。他觉得光出钱是远远不够的，肖爽一个女生，哪里担得住这么大的事情。他在北京陪护了一周。在他的召唤下，在京的几个同学也纷纷赶到医院，给自己排了班。

这件事，在每个同学心里都荡起弥久的涟漪。就连班里那个混得最好，从来只进群，但没有发过言的"首富"，都慷慨解囊，并在班级群里对老陈说："你是咱班的灵魂，向你致敬。"

后来我们才知道，"首富"曾邀请老陈去自己公司，可老陈拒绝了。他特别诚实地对"首富"说："我学历低，能力不行，去你那里，天天被关照着，连觉都睡不好。我在矿上，凭力气吃饭，挺好的。"这就是老陈，自卑而自尊，自知且自明。

四

2019年大年初三，老陈依然风尘仆仆地归来。这一次，全班来了43个人。那天，我们请来当年的班主任，又进行了一次班长选举。老陈全票当选。甚至远在外地的同学都通过视频，投出自己的那一票。

老班长在交接仪式上感言："陈闯，这些年，你用阿甘一样的执着，把同学们重新凝聚在一起。是你，让同窗情变成了亲情。感谢有你，让我们人到中年，在精神上还有组织。这次选举，是我们当年欠你的，如今，实至名归。"

一时间，掌声雷动，所有人眼中都有了泪光。而新班长老陈上台时，拿着话筒的手和声音一样颤抖，不停地说："我担不起……担不起……"

那天，我们吃完饭后，一起回了学校，还让班主任给我们上了一堂当年的语文课。我们相约，每年大年初三，一个都不能少。

很多人都说，你们初中同学还能聚这么齐，真是奇迹。而这个奇迹的名字，叫老陈。

五

接到老陈去世的噩耗是 2020 年 1 月 11 日。他在下班途中出了车祸，被一辆大货车撞飞，送到医院时，已经停止了呼吸。我和老班长赶到后不久，老陈的父母也到了。但他们似乎只关心赔偿，甚至因为买墓地的事争来吵去。

最后，是我和老班长抱着老陈的骨灰回家的。墓地，也是同学们帮忙选的，依山傍水。葬礼定在 2020 年 1 月 19 日，散落在各地的同学强烈要求回来送老陈最后一程，让我们等等。那天，葬礼上来了很多人。

其实，老陈并不老，他只有 33 岁。那天，应该是老陈 33 年的生命中，最热闹的一天。他一向喜欢热闹。

人群散去时，班主任带着我们，久久不肯离去。也就在那一天，班主任才告诉我们老陈的身世，他也是后来家访了解到的。

老陈 5 岁丧母，继母在他 7 岁那年进门，一年后有了弟弟。从此，他便被父亲有意无意地忽视，被继母明里暗里地嫌弃。他勉强念到初中毕业，也是班主任老师几次上门求情的结果。甚至在他毕业后，父亲和继母再也没喊他回家过年、吃饭。

每年和同学的聚会，就是他的年夜饭，是他一年之中，唯一的一场家宴。老陈让老师帮他保守这个秘密，也替他维持一点小小的尊严。那天，班主任向我们讲述老陈的身世时，讲到语不成句，而我们，也听到泣不成声。

我们终于明白，这么多年，老陈为什么如此热心。那个一生都在暖场的人，其实心里最为苦涩，默默承载了人世间最大的悲凉，却活得如此热气腾腾。这样的他，让我们脸红，更让我们心疼。

我们追悔，懂他时已经太晚。有些人，直到真正失去，才知道他们在你生命里的分量。失去老陈，我们也失去了班级灵魂。看着沉寂的班级群，我们还自欺欺人地盼望着，某天早晨，他会像平常一样跟我们说："早安。"

老陈，真的好想你！

（摘自《读者》2020 年第 23 期）

# 冷雨热茶

熊德启

　　夏夜，一场暴雨扑灭了北京的燥热。我从单位出来，顺着街边屋檐的水帘躲进了最近的一处公交站。

　　打车软件提示我，没有人接单。再试试看吧！没等我的指尖碰到屏幕，耳边就传来一阵汽车的鸣笛声。我抬头一看，一辆出租车打着双闪缓缓靠近。

　　我以最快的速度钻进车里，还是没躲过暴雨，身上被淋透了。"小伙子，淋湿了吧！"一口标准的北京话。我抬头一看，灰白色寸头，眼睛眯成一弯月牙的司机正看着我，满脸热情，就连皱纹也显得红润饱满。

　　我擦了擦身上的雨水，浑身发冷，正准备找个舒服的姿势蜷一会儿，等待到站，忽然，一个暖水壶递到我眼前。"冷吧？喝口热茶！"司机师傅左手把着方向盘，眼睛看着前方，右手也不知从哪里掏出个暖水壶在我面前晃悠着，示意我喝一口。

此刻，我最需要的正是一口热茶。我连声道谢，赶紧打开喝了一口，一股暖流直达丹田，浑身舒坦。

"嘿！怎么样？我这茶可是好茶！"他得意地笑了起来。我算是爱喝茶的人，逢茶便要品一品。然而眼前的这一壶茶，我实在是难以判断。能喝出来，这是绿茶，但闷泡时间太长，管你什么明前雀舌，还是雨前甘露，早已喝不出滋味来。但在这一刻喝下的这一口，犹如来自天堂的甘露，令我感到极大的幸福。"嗯！好茶！舒服！"我把暖水壶还给他，竖起大拇指，一半真心，一半礼貌。

"哟！看来我泡得还算对路子！实话跟您说，其实这茶是别人给我的，好在哪儿我也不知道，要不您给我说说？"一听我的评价，司机师傅来了兴致。

我没敢接话，赶紧试着岔开话题："这么大的雨您还出车？"话一出口，他脸上的热情好像在一瞬间消退了。他用右手拍了拍怀里的暖水壶，说："明天啊，我这辆车，连同我这个人，要一起退休啦。"他眼里闪过一丝黯淡的神色，"偏偏今儿下这么大雨，我后来一想，都最后一天了，下冰雹也得出车啊！"

我问他："您开了多少年出租？"他伸出右手，比了个一，又比了个五。"这个数，我跑了15年出租，到明天我正好满60，嘿嘿！退休！"我算了算，又问他："那您之前做什么呢？"

大概是没有哪个乘客问过他这个问题，他算是打开了话匣子，一股脑儿地跟我讲起自己的奋斗史来。

他出身工人家庭，子承父业，在首钢当了十几年工人。"我是个爱自由的人啊！后来就辞职了，出来做生意。不过，我这人太实诚，干买卖总吃亏。"说罢自己又嘿嘿地笑了起来，有些腼腆，仿佛在嘲笑着从前的自己。

不等我问，他接着说起来。"我干买卖那会儿，我一哥们儿，老于，就在开面的了。那会儿开面的可了不得，一个月万儿八千的不是问题。他一直让我跟他一起干，但是我倔啊，要自由啊，就一直没干。后来钱亏没了，婚也离了，才又想起他来。他倒是够意思，还让我跟他一起干。"

正好是红灯，他两手一摊，侧脸看着我："那时候我开车手还生呢，但是也得挣钱啊！老于就让我跟他开对班，他白天开，我晚上开，挣个生活费。谁知道，我这夜车一开就是 15 年。"

"你这哥们儿挺够意思啊。"我说。

"他喜欢喝茶，每天交车的时候就泡壶茶留在车上给我，说晚上喝了不困。"

我总算知道了这热茶的来历。

"我跟他特有意思，每天都见，又每天都不见，见面不到 5 分钟就交车走人。倒是他这个茶我喝了 15 年，对茶比对他有感情。"说罢，他又嘿嘿地笑起来。

"等你们俩退休，就可以好好喝茶啦。"我笑着说。

"本来是有这个打算的，但是老于，他年前生病，死啦！"

我有些尴尬，他却丝毫不觉得，又拿起暖水壶，喝了一口。

"你说他一开出租的，最后脑袋里长一东西，逗不逗？我都想问问他，你开车的时候都在瞎琢磨啥？"他的语气里是真的有些愤恨，好像在认真地质问老于，怎么就不能老实点儿？怎么就生了病呢？吧嗒了一下嘴，他又说，"后来这个车我就接过来了，还是晚上开，白天太堵啦！"

"我嫂子把他剩下的茶叶都给我了，但是，我十几年都喝现成的，不会泡啊！弄了半天也不是那个味道。你说这茶是不是挺奇怪的东西，不就是开水冲吗？怎么味道就是不对呢？"

我也不知道该怎么回答，两个人同时陷入了沉默。沉默了半晌，我到家了，雨势也终于小了一些。我刚下车，就听见他在我身后摇下车窗，对着小区门口值班的保安喊："兄弟，有热水吗？给我续一点儿！"

这座城市被一夜暴雨冲刷得一片狼藉，天亮后，又很快恢复了平静。我坐在窗边，鬼使神差地，泡了一杯绿茶。我知道，今后北京的街道上，又少了一辆出租车。它们的外表一模一样，内里却有不同的温度，唯有在冷雨之中，才能显现出来。

漫漫人生路，命是冷雨，情是热茶。

（摘自《读者》2019 年第 9 期）

# 手艺的江湖

明前茶

大雨初歇，我拎着要修的鞋子出门了，才发现老鞋匠的摊位上空空荡荡，只能失望地往回走。忽见 20 米开外，一个修自行车的师傅正在翻转自行车，准备把漏气的轮胎卸下来。我便问他："鞋子开胶了，急寻老鞋匠来修，你可知道老鞋匠什么时候出摊吗？"

修车师傅打量着我手里的鞋，断然说道："你这双鞋，他弄不来。老鞋匠原来在钢厂工作，手劲儿过人，修鞋多半是挤完 502 胶，像捏饺子皮似的，用力把脱胶的鞋帮捏拢了。你这鞋帮子将来还得开裂，想永不开胶，得缝一圈麻线……"听这意思，他才是民间的一个修鞋高人。

反正我也不赶时间，索性坐下来等他修完车，再帮我修鞋。只见他准备了半盆水，将自行车轮胎一段段搁在搪瓷盆里找漏点，找到漏点后，将小片胶皮在喷着蓝火的电枪上烤软了，再严严实实地补在漏点上。接着，他用电动磨轮在补漏点附近小心锉磨，就像给美人遮瑕一样，让轮胎平滑匀整，看不出任何补漏痕迹。

这条街的清洁工显然是他的老朋友，这会儿正坐在一把太师椅上，边吹着小凉风喝着茶，边笑话他："你看你，配钥匙30年了，活儿越做越杂。当年你也是一条任性好汉，只管配钥匙、开锁，其他时间就只顾着用收录机放音乐、练舞。哪怕那些被锁在门外的人急着回家，你都不肯跑步去开锁。现在，你倒是越来越勤恳，修上车，又修上鞋，居然还换起了锅底。咱们国家的环保事业，要是没有你，得少多少光彩。"修车师傅笑着回应说："你不也一直在与时俱进吗？你看，30年前你刚洗脚进城，只要搞个小车斗、一把大扫帚，就可以在环卫所安身立命。后来，你得会用大功率的吸尘器，把冬青树篱里的落叶全部吸出来。再后来，你得学开那种边吸尘边喷水的自动清洁车。如今，扫大街也必须先把垃圾分类搞清楚，才能上岗吧。"

话还没有说完，老鞋匠带着大茶瓶子，晃晃悠悠地来了！修车师傅主动打招呼说："不好意思啊，抢了你的生意。你还没有吃午饭吧，我那保温瓶里有饺子，你弟妹包的，先吃了再蹲守生意吧。"

修车师傅的修鞋功夫果然到家，我穿了缝牢的鞋，感觉他的手艺高超，就陆续把家里的鞋子带去修。修车师傅的脾气并不好，我在等待修鞋的过程中，经常会看到他训斥来修鞋、修车的人。他会抛出一团白棉线，对来修车的人说："快去打盆水，把你的车子擦亮了，我再帮你修。看看你，车子从来不保养，都脏成什么样了。我小时候，一辆二八大杠凤凰自行车，享受的是家人待遇。现在的年轻人，总觉得鞋子是鞋子，车是车。要知道，你这么薄情，物件儿也不会跟你多久。"

那些来修车的人倒也不恼，坐在小马扎上，擦起自己的车子来。也许，让人低头的不仅是修车师傅那张饱经世事的脸，还有什么都难不倒他的扎实手艺。如今来修自行车的人，都骑着数千元的碳钢山地车、竞速自行车，还有可以在半空中拨转车头、脱手斗技的小轮车，对，就是在奥运会上可以争金夺银的小轮车。修车师傅修好了他们的特技小轮车，小伙子们还会在附近的高坡和台阶上来一段表演。修车师傅也津津有味地欣赏起来，还拿起手机追拍视频。

修车师傅在这里摆摊30年了，这个日新月异的世界仿佛是他的对手，一直在领跑，绝不肯让他待在舒适圈里。一开始，他只会开锁配钥匙，后来，城市居民家里纷纷换上了指纹锁和密码锁，配钥匙的活就少了，这迫使他开始学起修车。刚上手时他只会修自行车，后来出现各种共享单车，需要修理的普通自行车少了，这又迫使他去学习修理各种竞技自行车、电动车和摩托车。他那结结实实的肱二头肌就是这样练出来的。我看到，他做了一个四轮小躺板，将摩托车用千斤顶顶起后，可以仰面躺在小躺板上，脚跟点地，滑到摩托车底下，仰头查找问题。我看到，这些年瞬息万变的社会潮流，如对手一样提拎着他，逼他进步，最终让他支棱起所有的精气神。

城市的版图越来越大，有些人上班连骑电动车也吃力了，只能改坐地铁。他终于开始学修鞋了。从前，修鞋子也简单，无非是鞋子开胶了，要上点胶，用力捏拢；或者，鞋跟磨歪了，钉个鞋跟。如今修鞋子的活计可复杂了，光是鞋跟就有木质的、水晶的、金属的、牛筋的，修法都不一样。而鞋面也五花八门，除了各种皮革，也出现了丝绒、织锦、牛仔布、粗花呢的鞋面，有的鞋面上绣满了各种各样的水晶钉珠与丝缎花纹，被姑娘不小心剐坏了一小块儿，就得找织补匠。修车师傅立刻坐上小马扎，手绘地图，让急着修鞋的人去某银行24小时自助点门口，找那个长年蹲守的织补大嫂。

修车师傅说："她在咱们这座城市的活儿数第一，手头光是攒的丝线就有上百种，放心吧，她肯定能把你这鞋修好。"我笑着插言："哪天您也学会织补手艺，就像脱口秀演员既会唱跳，又会弹吉他，还会演小品和说相声一样，您就能把这一带的活儿全包下来。"师傅大笑着回应说："没了对手，这日子多没意思啊。这就好比令狐冲不见了东方不败，乔峰不见了游坦之，张无忌不见了玄冥二老，那还有啥意思？"

修车师傅有这个胸襟，我完全相信。我亲眼看见这修车师傅的工具柜里，放着一摞武侠小说，这些书都被翻得起了毛边儿。因此，武侠的江湖是一个什么样的互为掣肘又互为激励的形态，手艺的江湖又该是一个怎样的百花齐放、各美其美的状态，他心里可明白得很呢。我自从认识他，亲眼看到他把自己忙不过来的生意，让给旁边的老修鞋匠，也经常听到他的修车铺在黄昏时分播放贝多芬的音乐。他买了两个便宜的音响，放在修车铺的左右，有时放的是《英雄交响曲》，有时是《田园交响曲》，有时又是《月光奏鸣曲》。在我眼里，他就是一位在繁华市井中过着田园生活的平凡英雄，无论生活如何波澜起伏，他都不怵，有一种兵来将挡、水来土掩的英雄气概。他从未被这世界层出不穷的变化击倒，反而越挫越勇，十八般手艺傍身。

每当我被生活中的变化逼到墙角，每当我气馁之时，他那双被皱纹包围的明亮眼睛就跳出来注视我，给我无尽的勉励。

（摘自《读者》2018 年第 23 期）

# 仙堂戏院

林清玄

仙堂戏院建成有三十多年了，它的传统还没有被忘记。那就是每场电影散戏的前十五分钟，看门的小姐会打开两扇木头大门，让那些原本只能在戏院门口探头探脑的小鬼一拥而入，看一部电影的结局。

有时候回乡，我会情不自禁地散步到仙堂戏院那一带去。戏院附近本来有许多酒家和茶室，由于经济情况改变均已萧条不堪，唯独仙堂戏院的盛况不减当年。所谓盛况，指的不是它的卖座，戏院内的人往往三三两两，根本坐不满两排椅子，而指的是戏院外等着捡戏尾的小学生。他们或坐或站，聆听戏院深处传来的响声，等待那看门的小姐推开咿呀作响的老旧木门，然后就像麻雀飞入稻米成熟的田中，那么急切而聒噪。

接着，展露在他们眼前的是电影的结局，大部分的结局是男女主角历经千辛万苦，终于得偿所愿；或者侠客们终于报了滔天的大仇，骑着白马离开田野；或者离乡多年的游子事业有成，终于返回家乡……许多时候结局是千篇一律的，但不管多么类似，对小学生来说，总像是历经寒苦的书生中了状元，象征着人世的完满。

等戏院的灯亮就不好玩了，看门的小姐会进来清理场地，把那些还流连不走的学生扫地出门。因为常常有躲在厕所里的、躲在椅子下的，甚至躲在银幕后面的小孩子，希望看下一场电影的开场和过程。但这种"阴谋"往往不能得逞，不管他们躲在哪里，看门小姐都能找到，并且拎起他们的衣领说："散戏了，你们还在这里干什么？下一场再来。"

问题是，下一场的结局仍然相同，有时，一个结局要看上三五次。

纵然电视有再大的能耐，电影的魅力是永远不会消失的。从那些每天放学不直接回家，要看过戏尾才觉得真正放学的孩子脸上，就知道电影不会被取代。

仙堂戏院的历史，几乎是小镇的娱乐发展史。仙堂戏院是在日本刚刚投降的时候，在台湾成立的。那时的电影还没有配音，光凭影像一般人有时还不能了解剧情，因此产生了一种职业，叫"讲电影的"。小镇里找不到适当的人选，后来请到妈祖庙前的讲古先生。

讲古先生心里当然是故事繁多，信手拈来，通常还有着天马行空的想象力。电影上演的时候，他就坐在银幕旁边，扯开嗓门，凭他的口才和想象力，为电影强作解人。他是中西文化无所不通，什么电影到他口中就有了无限天地，常使乡人产生"说得比演得好"的感觉，竟浑然忘记自己是在看电影，以为置身于说书馆。

讲古先生也不是万般皆好。据我的父亲说，他往往过于饶舌而破坏气氛，譬如看到一对情侣亲吻时，他会说："呃，现在这个查某要亲那个查某，查某的眼睛闭了起来，我们知道伊要亲伊了。哦，要吻下去了——

哦，快吻到了——哦，吻了，这个吻真长，这外国郎吻起来总是很长很长的。吻完了，你看那查某还长长吸一口气，差一点就窒息了……"弄得本来罗曼蒂克的气氛变成哄堂大笑。由于他最爱形容这种场面，总被家乡长辈责骂成"不正经"。

说起来，讲古先生是不幸的。他的黄金时光非常短暂，当有声电影来到小镇，他就失业了。他回到妈祖庙讲古也无人捧场，双重失业，使他离开小镇，不知所终。

有声电影带来了日本片的新浪潮，像《蜘蛛巢城》《宫本武藏》等，都是我深埋在幼年记忆里的故事。那时，我已经是仙堂戏院的常客，天天去捡戏尾。有时为了贪看电影，我还会在戏院前拉拉陌生人的衣角，央求着："阿伯，拜托带我进场。"

那时，戏院不卖儿童票，小孩只要有大人带着就可以免费入场。碰到凶巴巴的大人难免让我自尊心受损，但我身经百战，锲而不舍，要看的电影往往没有看不成的。

偶尔运气特别坏，碰不到一个和善的大人，就向看门的小姐撒娇，"阿姨""婶婶"不绝于口，有时也能达到目的。如今，我想起来，也不知道自己为什么当时脸皮那么厚，如果有人带我看电影，叫我唤他一声"阿公"也是情愿的。

那时的我爱看电影，到了如醉如痴的地步，时常到仙堂戏院门口去偷撕海报。有时月黑风高，也能偷到几张剧照。后来看特吕弗的自传电影，知道他小时候也有偷海报、偷剧照的癖好，长大后成为世界一流的大导演。想想当年和我一起偷海报的好友，如今能偶尔看看电影已经不错，不禁大有沧海桑田之叹。

好景总是不常，有一阵子不知电影为何没落，仙堂戏院开始"绑"给戏班子演歌仔戏和布袋戏。这些戏班一"绑"就是一个月，遇到好戏也有连演三个月的，一直演到大家看腻为止。但我是不挑戏的，不管是歌仔戏、布袋戏，或是新兴的剧，我仍然日日报到，从不缺席。有时到了紧要关头，譬如岳飞要回京，薛平贵要会王宝钏，祝英台要死了，孔明要斩马谡，那些生死关头是不能不看的。我还常常逃课前往，最惨的一次是学校的月考我也没有参加，结果比岳飞挨斩还凄惨，屁股被打得肿到一星期在椅子上都坐不住，但我还是每天站在最后一排，看完了《岳飞传》。

歌仔戏、布袋戏虽好，然而仙堂戏院不再放电影总是美中不足的事，世界因此单调了不少。

我上初中的时候，是仙堂戏院最没落的时期，这时有了彩色电视机，而且颇有家家买电视机的趋势。乡人要看的歌仔戏、布袋戏，电视里都有。要看的电影还不如连续剧吸引人，何况电视节目还是免费的——这一点对勤俭的乡下人最重要。还有一点常被忽略的，就是能常进戏院的人到底是少数，看完好戏，但没有谈话和与之产生共鸣的对象是非常痛苦的。看电视则皆大欢喜，人人皆知，到处能找人聊天，谈谈杨丽花的英气勃勃、史艳文的文质彬彬，是多么快意的事！为此，仙堂戏院失去了它的观众，戏院的售票小姐常闲得拍苍蝇打发时间，老板只好另谋出路。

到我离开小镇的时候，仙堂戏院一直经历着惨淡的时光。幸而几年以后，观众发现，电视中的节目千篇一律，其实也和歌舞团差不多，又纷纷回到仙堂戏院的座位上看"奥斯卡金像奖"或其他获奖电影——对仙堂戏院来说，也算是天无绝人之路。到这时，捡戏尾的小学生才有机会重进戏院。

三十几年过去了，仙堂戏院的外貌变了。竹子做的长条凳被沙发椅取代，铁皮屋顶成了用钢筋混凝土筑成的天花板，铁铸的大门代替咿呀作响的木门。它的许多历史痕迹都被抹去了。

当然，最好的两个传统被留了下来：一是容许小孩子去捡戏尾，二是失窃的海报、剧照不予追究。三十年过去了，人情味还留着芬芳。

我至今爱看电影、爱看戏，总希望每部戏都有圆满的结局，可以说是从仙堂戏院开始的。而且我相信这种传统一直保留下来，总有一天，吾乡说不定也会出现一个特吕弗，那时即使丢掉万张海报的代价也都有了回报——这也是我对仙堂戏院一个乐观的期待。

（摘自《读者》2019 年第 7 期）

# 一个叫冬来的女人

裘山山

冬来的故事，是父亲讲给我听的。

父亲讲这个故事的时候，竟然几次红了眼圈儿。

他说，在他出生之前的某一天，家门口来了个老头儿，手上牵着一个6岁左右的小女孩。当时正是冬天，祖奶奶见他们可怜，就拿了些吃的给他们。但老头儿还是不肯走，他跟祖奶奶说，家里实在穷，无力抚养孩子，希望将这个小孙女卖给祖奶奶。

那时这样的事情经常有，孩子养不活了，就把孩子卖掉。可是这个老头儿牵着小女孩在村子里走了一圈，没有人家愿意要——家家都不想添人口。祖奶奶看那个小女孩很可怜，由于天气寒冷，小脸冻得通红，饿得哆哆嗦嗦，可怜巴巴地看着她。祖奶奶实在不忍拒绝，就要了下来，也就是几块银圆而已。

那时祖爷爷家的家境尚可。但是祖爷爷回家看见小女孩，很生气，他认为家里已经有这么多女人了，有老婆，有儿媳妇，有女儿，不该再花钱买丫头来干活，何况这么小的丫头也不顶用。他不理解祖奶奶是因为可怜小女孩才留下她的。小女孩看祖爷爷发火了，很紧张，端在手上的碗一下掉在地上打碎了。这下祖爷爷更生气了，抄起竹拍子（晒被子用的）顺手就给了她两下。祖奶奶连忙叫她去倒垃圾，把她支开。

小女孩提着垃圾走出大门，突然发现她的爷爷就在大门旁的墙脚蹲着。原来爷爷卖了她以后心里难过，不放心，就一直没走，在拐角处想等孙女出来再看一眼。小女孩见到爷爷当即放声大哭，将袖子撸起来给爷爷看。爷爷看见她胳膊上的红印，也是老泪纵横，爷孙俩在雪地里抱头痛哭。

这一切，都被祖奶奶看见了。原来祖奶奶因为心疼这孩子，就跟在她后面。祖奶奶也落泪了，把小女孩领回家，擦干女孩的眼泪，安抚了一番。打那以后，祖奶奶对这个小女孩就像对自己的女儿一样。因为她是冬天来的，祖奶奶就给她取名为冬来，并让她随家里的孩子一起姓裴。

冬来比父亲大9岁，父亲出生时，她已经在这个家待了三四年，祖爷爷也逐渐接受她了。父亲出生后，她的主要任务就是带父亲。

有一次，冬来抱着一岁大的父亲去隔壁三爷爷家串门，下雨路滑，不慎跌了一跤，父亲的额头磕在了鹅卵石上，当即血流不止（父亲的额头上至今还留有疤痕）。冬来吓坏了，哭着抱了父亲回家去找祖奶奶。祖奶奶赶紧找了块布，包上炉灶里的柴灰捂在父亲的伤口上。

这时，祖爷爷回来了，一看长孙的头摔破，流了那么多血，顿时大怒，问是怎么回事。祖奶奶马上站出来说，是她不小心把我的父亲摔了一下。祖爷爷自然不会打祖奶奶，但心里的怒气无法宣泄，一挥手，就将桌上的一摞碗横扫到地上，全部摔碎了。可想而知，若不是祖奶奶的庇护，冬来不知会遭受怎样的皮肉之苦。

父亲两三岁时，整日跟在冬来的屁股后面玩儿。冬来像个大姐姐一样喜欢他，每次买菜时，总会想方设法省下一两枚铜板，背着家人给父亲买米糕，或者包子，笑眯眯地看着他吃下去。她还时常带父亲到田间玩儿，采把野花，或者捉只蚂蚱、蝴蝶什么的给父亲。父亲小时候很依恋她。可以说，父亲关于童年的美好记忆，全部与冬来有关。

父亲12岁那年，冬来出嫁了。祖奶奶跟媒人说，你介绍冬来的时候，要告诉对方，这是她的养女，不是丫头。后来，媒人果然找了一户还不错的人家，在奉化裘村镇，于是祖奶奶给冬来订了婚。

那时，祖奶奶家的家境已大不如前了。据说父亲的太祖奶奶出嫁时，是10个樟木箱子的嫁妆；到曾祖奶奶时，已变成8个樟木箱子了；到祖奶奶时，减到6个；到奶奶这里，已经是4个了。所以冬来出嫁时，祖奶奶为她准备了两个樟木箱子的嫁妆，在当时还算比较体面的。

冬来嫁过去后，因为完全听不懂奉化土语，很苦恼，曾跑回来向祖奶奶诉苦。祖奶奶安慰一番后，她又回去了。以后她渐渐适应，来得少了。再后来她有了儿子，又有了女儿，听说那家人待她很不错，祖奶奶也就放心了。

祖奶奶去世后，父亲家里的兄弟姐妹仍把冬来当成自家人，时常去看她。但父亲上高中后就离开了故乡，一直没机会去看她。

1985年，父亲离休回到杭州，也算叶落归根了。每每说起故乡，说起往事，父亲总会想起冬来，想起这个从小带他的小姑。

一日，父亲终于下决心去看她。他买了好多东西，坐长途汽车去奉化。父亲一路上很激动，想着可以好好跟冬来聊聊天，说说小时候的事情。那些事情是多么有趣啊，而且好多事、好多秘密只有他们俩知道。父亲童年时的所有快乐，都与冬来连在一起。

冬来见到父亲激动万分，他们已经分别40多年了。父亲年近花甲，冬来也已经近70岁。冬来冲着父亲哇啦哇啦地又说又笑，脸上乐开了花，父亲也将一连串的问候道了出来。

可是，父亲怎么也没想到，冬来说什么，他竟一句也听不懂！几十年过去，冬来已经成为一个地地道道的奉化人，满口奉化土语；而父亲说的嵊县（今嵊州市）话，冬来一句也不会说了。虽然她总是跟人说，她是嵊县崇仁镇的，她的老家在嵊县，但是，故乡对她来说已经很陌生了。

父亲只会讲嵊县话，冬来只会讲奉化话，于是这两个一起长大，又以无比激动的心情见了面的老人，就只好坐在那里互相看着，傻笑。

讲到这里，父亲的眼圈红了，我也鼻子发酸。

这样的人生场景，不是每个人都会遇到的。

好在父亲看到冬来过得很好，儿女都孝顺，丈夫也对她好，而且有了两个孙女，便感到很欣慰。住了一天后，父亲又高兴又失落地与冬来分别。

离开的时候父亲想，祖奶奶在天之灵，一定会为冬来感到高兴。

毕竟这是她疼大的女儿。

冬来生于1917年，卒于1998年，享年81岁。

（摘自《读者》2021年第19期）

# 深山来客

朱山坡

　　有一年夏天，洪水过后，镇上的人看到一个陌生的中年人背着一个耷拉着头的女人走进电影院。他们觉得很奇怪，迅速摸了一下情况。令人吃惊的是，中年人是撑船从上游的支流鹿江来的。一条简陋的乌篷船，窄小得只能挤得下两个人。鹿江很长，它的源头是鹿山。对蛋镇上的人来说，鹿山既陌生又遥远。中年人自称从鹿山来，把蛋镇人吓了一跳——那得经历多少艰险啊！

　　"我们清晨撑船出发，晌午到达蛋镇，刚好赶得上电影。"中年人长得高高瘦瘦的，憨厚老实，脸膛比镇上男人的都白净，还显得比镇上的男人更斯文，"看完电影还得回去。船上有火把，还有猎枪。"

　　人们不知道中年人叫什么名字，他们都叫他鹿山人。背上的女人是他的妻子。

鹿山人的妻子五官长得真好看，是一个美人，很年轻，但身体不好，脸色苍白，嘴唇没有一点血色。她主要是腿不好，走不了路，浑身没有力气似的。蛋镇上的人都替她担心，也很疑惑：费那么大的劲来到蛋镇，难道就只为看一场电影？

是的，鹿山人的妻子来蛋镇就只为看一场电影。那天，鹿山人把妻子背进电影院后，随即出来了，蹲在海报墙下卷烟叶，一直在烧烟。烟很香，把电影院门卫卢大耳吸引过来了。他给卢大耳烧了一卷烟叶，呛得卢大耳一边粗俗地骂街，一边大声地叫好。

电影散场，鹿山人赶紧逆着人流进去找他的妻子。然后，背着妻子匆匆往蛋河方向走。步伐仓促，似乎又去赶下一场电影。

后来，镇上的人几乎每个月都能见到一次鹿山人背着他的妻子来到电影院。卢大耳和鹿山人建立了相互信任的关系。卢大耳掐过时间，鹿山人从不在电影院里多待一分钟，他出来后，有时候还跟卢大耳边烧烟边攀谈一小会儿。卢大耳知道，鹿山人不看电影其实是为了省钱。他的衣服补丁很多，补丁的颜色各不相同，看上去实在有点寒碜。他每次都自带干粮——烤红薯或南瓜饼。

人们的好奇心和注意力主要在那女人身上。后来他们都知道了，鹿山人的妻子病得很重，来日无多。这让他们感到异常吃惊。但鹿山人似乎习以为常了，远没有他们揪心。趁她看电影之机，鹿山人从船上取下一些山货——竹笋呀，木耳呀，山药呀，干果呀，还有兽肉什么的，卖给镇上的人。"山里人不容易，能帮就帮吧。"大伙对这些东西并不是十分喜爱，但也呼朋唤友把它们都买了。鹿山人千恩万谢，然后飞跑去卫生院买些药。药不多买，鹿山人说，山里什么草药都有，什么病都能治，买点西药主要是为了应急。

鹿山人的妻子得的是什么病，大伙慢慢都知道了——严重的贫血症，根治不了，而且会越来越严重，最后死掉。

"她哪里也不愿意去，只喜欢看电影。只要看上一场电影，她就觉得病好了一大半。"鹿山人说。

见过鹿山人妻子的人都相信鹿山人说的话是真的，因为他们发现，从电影院里出来后，鹿山人的妻子原来苍白的脸竟然变得有些绯红，耷拉着的头也抬了起来，尤其是那双暗淡无光的眼睛，变得像野草叶尖上闪亮的露珠。甚至，她要尝试着双脚踮地走路。电影真的有神奇的疗效。然而，未必每一部电影都是一剂良药。有一次，看了《胭脂扣》，从电影院出来，她在鹿山人的背上两眼发直，披头散发，哭得像山猫一样。鹿山人一边安慰她，一边往河边飞奔，就好像，若慢一点，她便要断气了。

如果不是为了看电影，鹿山人夫妇是不会千辛万苦撑船来到蛋镇的。鹿山人自己说，他原来也不是鹿山里的人，是从他曾祖父那代才从武汉搬迁到那里的。曾祖父是武汉最有名的戏子。有一天，一个国色天香的女子来听他的戏，迷上他了，连听了一个月。跟戏里一样的是，两个人走到了一起。山盟海誓之后，曾祖父才知道她竟是一个北京王爷的爱妾，但已经无法回头，只好带着她一路逃奔。辗转无数地方，才最终在鹿山安定下来。只是，从此以后，曾祖父隐姓埋名，不再唱戏，做普通人。鹿山人没去过大地方，来到蛋镇也不愿意过多抛头露面，他低调而谦卑，办完事就离开，跟他的曾祖父一样，也小心谨慎地生活。

卢大耳知道鹿山人的许多秘密。经过卢大耳的传播，秘密便成了公开的消息。卢大耳说，鹿山人的妻子身世也很复杂。她是来自武汉的知青，来到鹿山前，她的父亲跳进长江不见了。来到鹿山后第二年，她患贫血病的母亲也死了。鹿山来了 11 个知青，到最后只有她一个人留了下来。

武汉没有亲人了，她不愿意回去。更重要的原因是，她和鹿山人好上了。

从神态和动作就看得出来，鹿山人和妻子十分恩爱。从河边到电影院的路上，鹿山人不断地转过头来问背上的妻子："累不累？饿不饿？晕得厉害吗？"妻子每次都做出否定的回答，还不时给鹿山人擦汗，轻轻摸他的脸……蛋镇人把鹿山人夫妇当成了楷模，不少经常争吵的夫妇自从见了鹿山人夫妇，竟然变得相敬如宾。蛋镇人还把鹿山人夫妇当成客人，每次见到他们都主动凑上去，问鹿山人："这次又带什么山货给我们？"他们对山货倾注了最大的热情，一抢而光，扔下来的钱让鹿山人感到既惊喜又不安。而他们更关心的是鹿山人的妻子。电影还没有开始，她就坐在电影院海报墙下等待。他们围着她嘘寒问暖，有时给她递上一碗热粥，一杯热开水，或者一根冰棍，还有人给她塞人参、鱼肝油、麦乳精甚至雪花膏，但都被她婉拒了。有一次，鹿山人夫妇上船离开了，走了好长一段水路，竟然又折返回来。因为妻子发现有人在她的布袋里塞了名贵的阿胶，她坚决要物归原主。可是没有人承认是自己塞的，大伙都劝她收下，补补身子。但她一再拒绝，决不肯接受。鹿山人很焦急，最后把阿胶交给了老吴，请他转交原主，她才同意回家。

"你们不必为我们担心。鹿山，除了电影院，什么都有。"她苍白的脸上流露出歉意和感激。

这天晌午，鹿山人背着妻子又来到蛋镇电影院，却在海报墙上看到一张白纸黑字的告示："台风将至，今天不放电影。"妻子难掩失望，立马瘫软在鹿山人的背上，用力扯他的耳朵，责怪他来晚了，要是昨天或前天来就不会错过电影。鹿山人不断地解释并安慰。他的两只耳朵红彤彤的，都快被扯裂了吧。街道上的人为应付即将到来的台风正疲于奔命，顾不上他们，只是匆匆跟他们打一声招呼就算了。

鹿山人背着妻子要走，却被妻子阻止了。

"我要看电影！"妻子像孩子撒娇似的说。

鹿山人说："台风要来了，今天电影院不放电影，我们赶紧回家吧。"

妻子说："可是，我们比台风先到呀。"

鹿山人说："台风过后，我们再来。"

妻子说："你害怕台风呀？你害怕回不了家呀？"

鹿山人沉默了。谁不害怕台风呀？台风来了，摧枯拉朽，地动山摇。还有暴雨、山洪，猛烈得惊心动魄。

妻子从鹿山人的背上挣扎下来，扶着墙挪步到电影院正门，伸手摸了摸"蛋镇电影院"的牌子，突然变得莫名哀伤，竟掩面低声地抽泣。

鹿山人吃惊地问："好好的，你为什么哭？"

妻子说："我心里的悲苦，像台风，像鹿江，像山洪暴发。"

鹿山人知道妻子内心的悲苦，但她还是第一次说出来。平时，她从不埋怨，也从不哀叹，心里最难受、最绝望的时候，也只是对鹿山人说："我想看一场电影。"于是，鹿山人连夜准备，第二天一早他们便出发。这一次，本应该是昨天或前天出发的，但因要收割最后的一亩庄稼而推迟了。

鹿山人也黯然神伤，向妻子保证："台风过后我们还来看电影，一个月看两场。"

妻子说："我不等了，等不及了……我等不到台风过后了。"

风似乎越来越紧了，天空中的云朵也变得慌乱起来。鹿山人不知道怎么说服妻子，只是俯下身子，试图让她趴到他的背上，然后回家。可是，她固执地拒绝了。鹿山人尝试性地去背她，被她推开了。鹿山人站起来，要抱她，她躲闪开了，双手抚着电影院的牌子，突然号啕大哭。那哭声如同山洪暴发，悲痛欲绝。后来镇上的人回忆说，这辈子从没有听到过如此撕心裂肺的哭声，像孟姜女哭长城，电影院都快被她哭塌了。路过的人们都停下手里的活，围过来劝慰她。

可是，谁也无法劝止她的哭。因为那不是一个孩子在哭，而是一个内心悲苦的人在宣泄。鹿山人和大伙都束手无策。这样哭下去，对本来就病弱的她无疑是雪上加霜。

这时候，老吴从电影院走出来："这是哪个龟孙子贴的告示？"他一把撕下自己亲手贴上的告示，对鹿山人的妻子说，"今天照常放映！"

鹿山人妻子的哭声戛然而止，她用哀求的眼神将信将疑地盯着老吴。老吴让鹿山人背起妻子跟着他走进电影院。不一会儿，电影院里便传出片头曲的声音。

鹿山人从电影院里走出来，兴奋地告诉大伙："真的放电影了！你们也进去看呀。"

电影院的大门敞开着，没有售票员，守门的卢大耳不见踪影，但大伙只是侧耳倾听，没有谁趁机混进去。他们都明白，这场电影是老吴专门给鹿山人的妻子放映的。在蛋镇电影院历史上，这是头一次免费给一个人放电影。可是，没有谁说阴阳怪气的话。

鹿山人在电影院外头蹲着，独自烧着烟叶。他们走过来，心照不宣地摸摸他的头，然后默默走开。不断有女人过来叮嘱他："电影散场了，你带她到我家喝碗热鸡汤再走。"她们不厌其烦地给他指路，哪条街哪条巷。鹿山人一概答应，反复致谢。女人们发现，鹿山人满脸疲惫，更瘦了，明显苍老了许多，不禁叹息："他怎么还背得动自己的女人啊！"

这次，鹿山人始终没有离开电影院一步，一直到电影结束，传来片尾曲的声音，才进去把妻子背出来。

鹿山人的妻子脸上的绯红色更加明显，看上去比任何时候都亢奋。她在他的背上仍兴致勃勃，热泪盈眶。那是电影带来的泪水。鹿山人觉得今天的电影很好，妻子看开心了，他心里感觉特别幸福。

老吴对鹿山人说："台风过后，欢迎你们再来看电影。"

鹿山人对老吴千恩万谢。他的妻子眼含泪水，频频点头向老吴表达谢意。

老吴像一个老父亲，抬手轻轻地替她将了将被风吹乱的头发。

"你今天真漂亮！"老吴慈爱地赞美了她。台风的先头部队已经到了，它们摧残着电影院的窗户。上次台风攻陷放映室，砸毁了一台放映机。老吴不敢掉以轻心，转身跑回电影院。

鹿山人以为妻子同意跟他回家了，可她说要去照相馆。

"时候不早了……"鹿山人说。

妻子说："反正每次都要点火把回家的。"

"台风来了！"鹿山人伸出一只手去捕捉风，感受到了异样，焦急而不安地说。

妻子说："死都不怕，我还怕台风吗？"

鹿山人只好改变主意，带她去国营照相馆。

这是蛋镇人最后一次见到鹿山人和他的妻子。这次台风过后，多少次台风过后，蛋镇人再也没有看到他们的踪影。

老吴有点想念鹿山人。他断言，鹿山人永远不会带他妻子来蛋镇看电影了。可是，当别人问"为什么"时，他只是摇头、叹息，不愿意向大伙解释。

大家各自猜测着，就是没有人愿意说出那句话：鹿山人的妻子或许已经离开了人世。

有一天，国营照相馆在玻璃橱窗展出了一幅大型彩色照片，照片装了金色的边框。照片里的女人穿着橘红色的旗袍，端坐在黑色的椅子上，秀发及肩，脸色绯红，面带微笑，双目炯炯有神。

"多漂亮的女人啊！像《胭脂扣》里的如花。"

不少人乍看以为真的是演员梅艳芳饰演的如花。但眼尖的人一眼便能辨认出，照片上的人是鹿山人的妻子，当然，是化了妆的。这家国营照相馆的人说，鹿山人说好台风过后来取照片，但两年多过去了，仍不见有人来取。

无论从哪个角度来说，这张照片都好得无可挑剔。后来，它一直被摆在橱窗里，已经成为这家国营照相馆的广告。

镇上见过鹿山人妻子的女人，有时特意路过这家国营照相馆，就为瞧一眼她的照片。常常有女人在照片前驻足良久，一言不发，仿佛想跟她说些什么，却又不知从何说起，直到惋惜和哀伤使她们不堪重负，才默默走开。

（摘自《读者》2018 年第 20 期）

# 鱼的孩子

裘山山

　　六月里闷热的一天，我回到母亲的老家，见到了我的表哥和表妹。还在路上时，我就跟专程送我去的朋友说，我很佩服我的表哥，也很敬重他。他是个非常了不起的人。

　　老实说，阔别20多年，我已经不太记得表哥的样子了。我猜想他的变化一定很大。但一见之下，我还是吃了一惊：出现在我面前的完全是个老农民——我说这话丝毫没有贬义——黑黑矮矮、胡子拉碴的，穿了一件很新的短袖衬衣（估计是因为我要来才套上的），趿拉着拖鞋。他笑容满面地迎上来和我握手，站在他身后的，是更为瘦小的表嫂。

　　我想我的朋友一定也很诧异吧！

　　但我一点儿没说假话。就是这个人，这个既不高大英俊，也谈不上风度气质，更没有什么名声地位的人，让我非常佩服和敬重，甚至有点儿崇拜。

他是我大姨的儿子，大姨家孩子多，他初中一毕业就没再读书，直接去父亲所在的乡村学校做了老师。做老师时，他看到学校的上下课铃是由人工操作的，如果负责的人忘记或者看错时间，就会提早或延误上课和下课。他就琢磨了一个小发明，是定时的电铃，40 分钟一到就响铃下课，10 分钟一到又响铃上课，学校马上采用了。他的脑子闲不住，又开始琢磨电脑。须知那是 20 世纪 70 年代，一般人连电脑是什么都不知道，而他这个在乡下长大的孩子，自己画了一张电脑图，然后寄给我的父亲，他认为我父亲是工程师，应该懂。哪知我父亲是学土木工程的，对这"高科技"完全看不懂，但称赞不已，将那卷图纸小心地保存下来（一存30 年，后来终于交还给了他儿子）。打那儿以后，父母每次提起他必说两个字——聪明，有时说三个字——真聪明！

不过，这还不是我佩服他的原因，因为聪明的人很多。

1977 年，高考一恢复，初中毕业的他马上报名参加，并且考上了，是他们家方圆百里唯一一个考上的，不料政审时被刷了下来，因为大姨的所谓"历史问题"。那个时候"文化大革命"的影响尚未完全消除。他一气之下不再去考，娶妻生子过日子。到 1979 年我考上大学时，23 岁的他已做了父亲。但他毕竟是个聪明人，脑子闲不住。改革开放之门刚打开，他就放弃学校的铁饭碗，承包了队里的鱼塘。他一开干就与众不同，打破了传统的养鱼方式，在鱼塘上搭葡萄架，为鱼塘遮阴；在鱼塘四周种菜，把鱼塘里的淤泥捞起来当肥料；又用菜上和葡萄上的小虫子喂鱼，充分利用了生物链。退休在家的大姨父成了他的得力助手，父子俩吃大苦、耐大劳，他们家很快便成了万元户，是县里的第一个万元户，书记、县长请他吃饭介绍经验，给他戴红花、发奖状。

　　这回父母跟我说他时，不光说聪明了，必加上"真能吃苦""真能干"这样的感叹。而那时的我正在大学读中文系，陶醉于朦胧诗什么的，好高骛远，听妈妈滔滔不绝地夸他，还有些不以为意。

　　可聪明而能吃苦的人也很多啊，这也不是我佩服他的原因。

　　20世纪90年代初，正当他们一家红红火火勤劳致富，甚至不怕重罚生下第二个儿子时，表哥的妻子突然病倒了。表嫂得的是一种罕见的病，气管里长了一个瘤子，如果不及时做手术的话性命难保。当地医院的技术不行，必须去上海。他当机立断，将正在哗哗来钱的鱼塘、葡萄架通通抵押，然后取出所有存款，让刚上初中的大儿子休学一年照顾菜地，把小儿子托付给父母，自己便一个人带着妻子去了上海。

　　他让妻子住进上海最好的医院，他跟医院说，他要全国最好的医生给妻子动手术。为此，他花掉了所有的钱。所谓倾家荡产就是这个意思吧！庆幸的是，妻子的手术很成功，虽然将终生戴着一个仪器过日子，但已没有了生命危险，好好地活到现在。

　　他终于让我佩服了，不只是佩服，还有敬重。他把妻子的命看得比天大，比钱财大，甚至比儿子的前途大。这不是一般人能做到的。

　　从上海回到家乡后，他决意从头开始，从一贫如洗的起点开始。他看中了村子外面的一片河滩。河滩上除了砂石还是砂石，但他勇敢地与政府签下了20年的承包合同，他要在这荒芜的河滩上建一个现代化的养鱼场。

　　儿子回到学校继续读书，表哥的老父亲仍是他的重要伙伴，还有母亲，默默地在背后支持他。他们开始了艰难的创业之路，在河滩上挖鱼塘，用水泥硬化底部和四周，然后引水养鱼。其中的辛苦，是我无法想象和描述的。鱼塘挖了一个又一个，年年都在增加。当挖到第十个时，父亲开始反对，父亲觉得那些鱼塘已足够他们过上好日子，也足够他们忙碌辛苦了。但他就是不肯住手，坚持要扩大，以致和父亲起了冲突。父亲无奈，只好跟着他继续苦干，就这么着，一直干到他们的养鱼场成为那一带最大的养鱼场。他没再搭葡萄架，而是在鱼塘边种树。河滩上没有土，他就一车车从外面拉土，种了梧桐、棕榈、桃树、铁树、石榴树、广玉兰树，还有茶花和兰草……他将一片荒芜的河滩，变成一个像模像样的美丽养鱼场。

我能不佩服他吗？他从归零的地方重新开始，把失去的一切再夺回来。他不怨天尤人，不唉声叹气，只是干，脚踏实地地苦干。

在艰苦创业的同时，他还将两个儿子培养成才：大儿子今年在英国取得博士学位，儿媳妇正在英国读博士；小儿子也即将获得英国某大学的学士学位。但我说的"培养成才"还不止这些，而是他的儿子每次从英国回家度假时，会马上跟他一起下地干活儿，跟养鱼场的普通工人没两样。

我能不佩服他吗？在今天这个社会，他能把儿子教育成这样，实在了不起。

到我去时，表哥的养鱼场已经有了30多口大鱼塘，以罗非鱼（亦称非洲鲫鱼）为主，成了当地的罗非鱼养殖基地。每个鱼塘都有增氧机、饲料投放机；为了让鱼苗顺利过冬，他还建了好几个有暖棚的鱼塘，烧锅炉送热水。如此繁重忙碌的工作，整个养鱼场连他带工人才4个人。8月鱼儿丰收时，养鱼场每天要拉几卡车的鲜鱼到杭州去卖。一连可以拉上3个月，可见他们养鱼场的产量之高——本来写到这里，我想打个电话跟他核实一下具体数字的，但害怕他倔头倔脑不让我写，我还是先斩后奏吧。如今50多岁的他，依然每天在鱼塘干活儿，白天顶着大太阳汗流浃背，晚上也不得安宁：睡前和半夜，他都要起来巡视鱼塘，一旦发现哪个鱼塘有缺氧现象，就立即打开增氧机。表嫂跟我说，他好辛苦啊，一年到头睡不了个囫囵觉，连春节时也一样。

我无法不佩服他，甚至有点儿崇拜：已经有千万家财的他，依然如普通农民一样辛勤劳动——劳动让他愉快；依然穿最朴素的衣服——那样让他自在；依然住最简陋的房子——那是他亲手建的。他家的楼房连马赛克（锦砖）都没镶，但门前有开满睡莲的水塘，还有可以乘凉的紫藤架。他在用汗水泡出来的土地上像鱼儿一样自在地生活，辛苦并快乐着。

从来没离开过故土的表哥一点儿不自卑木讷。两个在英国读书的儿子一再邀请他去英国旅游，他因为离不开鱼塘而没能成行。今年小儿子又催促说："你再不来，我就要毕业了。"他笑眯眯地说："你们别催我啊，小心我去了不回来。"表嫂说："你不回来能在那儿干吗？"他笑而不答。我相信，他如果真的想待在英国，是绝对可以找到事情做的，而且不会干刷盘子、洗碗之类的事，一定是干他喜欢的事。我相信他有这个本事。

我时常想，如果表哥那年进了大学，如今会是什么样？我绝对相信他能成为一个优秀的科学家或工程师，没准儿也和我们的舅舅一样成为院士——虽然我无法想象他穿着西装待在实验室或者大学课堂上的样子。

和我一起去的朋友感叹说，我表哥的目光是睿智的、自信的、从容的。我说是的，他是一个按自己的想法去活，并且活得精彩的人，但凡了解了他的经历，恐怕没人不佩服他。

如今表哥已经是做爷爷的人了，小孙子今年年初在英国出生。他给小孙子取名为子鱼。我问他此名是否取自《庄子》中那句著名的话："子非鱼，安知鱼之乐？"他却一本正经地说："不是的，我取这个名字，是因为我们是鱼的孩子。"我说："你在养鱼，怎么成了鱼的孩子？"他狡黠地笑笑说："子非我，安知我不是鱼之子？"

（摘自《读者》2021 年第 7 期）

# 最老的"魔方"

*薛忆沩*

在乡间深秋的细雨里与姨外婆分别的时候,我贴近她的耳朵大声嚷道:"过10个月,我会再来看您,给您过102岁的生日。"

大多数老人都习惯用"不知道能不能活到那时候"来回应关于下一次见面的预约。我的姨外婆则轻松地站在我的面前,用一如既往的微笑看着我。那是充满智慧和自信的微笑,她显然非常清楚自己旺盛的生命力会将她带向哪里。

我总说好奇心就是生命力。这是姨外婆教给我的人生哲学。我每次去看她的时候,她总是问我很多问题,绝大部分不是"关于我"的主观的问题,而是她认为我应该知道标准答案的客观的问题。比如,她94岁那年在县城一家书店里买到的那套《沈从文文集》,是不是权威的选本?比如,在她手里翻转了30年的魔方,怎么才能够对出所有的面?比如,哪里还能找到更具挑战性的数独题目？这不像一个农村妇女问的问题，更不像一个百岁老人问的问题。

我也总说幽默感就是生命力。这也是姨外婆教给我的人生哲学。每次去看她的时候，我都会对她在语言上的表现有很高的期待。这不仅因为我一贯喜欢通过语言表达的质量去判断人的身体状况，还因为姨外婆的语言总是带给我巨大的享受，而且是感官和精神上的双重享受：它总是那么简洁，总是那么优雅，总是那么精准……最重要的，它总是那么幽默。已经在湖南农村生活了一个世纪零一年的姨外婆总是用她的语言让我这个以苛求语言著称的写作者茅塞顿开。在她面前，我的语言也会立刻变得简洁、优雅、精准和幽默。

这一次走到她身边的时候，我首先注意到的还是她刚刚放下的魔方。这让我为她不屈不挠的好奇心而骄傲。因为没有预约，初见时她对我的到来显得有些诧异，但是她很快就恢复到常态，开始向我提问。她的第一个问题出乎我的意料："像我这样的一个人，为什么能够活这么久？"她说，她的眉毛不浓，耳朵不大，长的是一副"败相"，她的长寿完全"不合理"。"阎王爷肯定是出了错。"她用很有把握的语气说。

姨外婆的听力已经很差，而她的视力却好得出奇，因此我们交流的方式通常是她口头提问，我写下答案，或者我写下问题，她口头回答。我当然没有能力回答连阎王爷都会出错的难题。于是，我写下了自己对这"不合理"的看法："这个世界上'不合理'的事情实在太多了，您应该学会迁就。"

姨外婆笑得前仰后合。但是笑完之后，她"变本加厉"，说自己的长寿"太不合理"。

我们就用这口头加书面的特殊方式愉快地交流，话题从物质到精神，从天南到海北。在交流即将结束的时候，姨外婆的长子插话说，他母亲现在除了正常的养老金，还享受百岁老人的特殊津贴。

这则关于她经济状况的爆料，让我忍不住给姨外婆重新划定"成分"。"您现在已经变成了'富婆'。"我这样写道。

姨外婆又笑得前仰后合。接着，她靠近我的耳朵，悄悄地说："可惜发财发晚了。"

姨外婆的幽默回答引得我抱着她大笑起来。

10年前，我写过一篇短文《外婆的〈长恨歌〉》，介绍我有着惊人记忆力的外婆。这篇文章后来被包括《读者》在内的许多报刊转载，流传较广。那时候，我的外婆已经93岁高龄，却仍然能够一字不漏地背诵出包括《长恨歌》在内的很多古代文学作品。我称外婆是这个特殊项目上的"中国第一人"（尽管她终身的最高职称也只是"家庭妇女"）。在那篇文章里，我第一次提到了外婆的妹妹。外婆在97岁的时候离世，"中国第一人"的桂冠自然就落到她妹妹的头上。这对姨外婆是当之无愧的荣誉，因为她也能大段大段地背诵出许多的古代文学作品，更因为她正在朝着102岁的生日平静地走去，还在继续拔高这"中国第一人"的标准。

37年前，我这个北京航空学院计算机科学与工程系的学生，利用大学阶段的第一个暑假，去姨外婆生活的湖南宁乡乡村做社会调查。那时候，中国的改革开放已经在"摸着石头过河"，姨外婆重新过上了有尊严的生活。对世界的好奇和对人生的幽默就是体现她尊严的特殊标志。每次我们在预约下一回见面的时候，她都会特别提醒我，以后只准给她带精神食粮，不要再给她带任何仅能饱口福的食品。而七八年前，在第一次向我"炫富"之后，她感叹说，如果这些钱早来10年，她就会一个人去"看世界"。她对自己的现状显然不满，说自己现在的生活只不过是

"坐以待'币'"。接着她马上注明出处，告诉我这个幽默出自另外一位百岁老人——她喜欢的冰心先生。

下一次见到姨外婆的时候，我想问她一个这样的问题：当一位94岁的农村妇女走进县城的一家书店，买走那套在书架上摆放了好几年的《沈从文文集》的时候，她知不知道自己有可能创下一个中国的纪录？7年前，第一次得知姨外婆创下的这个纪录时，我就感动得流下了眼泪。

我的姨外婆出生于湖湘的名门望族。但是，姨外婆的人生在青春期就开始逆转：首先她正在接受的正规教育被封建的婚姻中断，接着她的日常生活被山乡的巨变颠覆……她甚至一度连温饱都无法保证。我心中有一个关键的问题：这个女儿，这个妻子，这个母亲，这个农村妇女，是凭借什么力量保住了旺盛的好奇心和幽默感，进而保住了不可思议的生命力？另一个问题是：经过那么多生活的磨难，姨外婆除了抱怨自己的长寿"太不合理"，为什么没有其他的抱怨（毫无疑问，"没有抱怨"也是她重要的长寿秘诀）？我一直觉得，作家笔下的人生就像姨外婆手上的魔方，相应的，写作就是不断翻转魔方的过程，而作品的完成就意味着魔方的6个面已经全部对齐，也就意味着作家用合理的叙述完全疏通了现实的乱麻。我希望自己能够找到关于姨外婆经历的所有问题的答案，最终将她的人生变成我的作品。

20世纪80年代后期的一天，我与母亲在长沙街头散步，遇到了姨外婆的一位中学同学。她告诉我们，姨外婆少女时代的绰号是"张五百"，因为20世纪30年代初期她在长沙含光中学读初中的时候，5门功课都是满分。现在，姨外婆的年龄也超过100岁了。这是哪怕用百分之百的天才加百分之百的汗水都很难取得的单科成绩。正因为这样，我在这篇文章的结尾送给姨外婆一个"张六百"的绰号，应该不算"太不合理"吧？

（摘自《读者》2019年第8期）

# 去看大好河山的年轻人

叶倾城

　　暑假期间，朋友忽然问我在天安门看升国旗的事情。当时我正忙，随口说："太麻烦，别去了吧。"她毅然说："不行。这是我一年前给孩子许下的承诺。"

　　之前电影《无问西东》热映的时候，她带上初中的儿子去看，孩子对清华一见钟情，立刻确定了高考目标，誓要进入牛人的行列。朋友心中暗喜，嘴上却说："这志向小了，你为什么不想上哈佛？"

　　不料，儿子板起脸来说："清华已经是中国最好的学校。如果它不是世界最好的，只因为它的历史还短。做科研出成绩都是需要时间的，百年树人，大师也不是一天就能练就的。"她第一次发现，儿子嘴角隐隐发青，那是即将长出来的胡须。已经高她一个头的儿子，此刻以成年人的姿态，庄重地与她对话。之前一整年，孩子都在为中考而拼搏。到了今年暑假，孩子是揣着好成绩出发的。

我的另一个朋友向我苦笑道："我被抛弃了。"这个夏天，她上大二的女儿要去新疆支教。女儿的学长们和新疆的一些支教机构一直有联系，每年暑假都会去开短期集训班，比如让当地的孩子们有机会看一下物理、化学实验是怎么个做法。

每一个去过的人，回来后都会感叹，原来连一杯奶茶、一块鸡排、一张可以无限量借书的图书证，都是一种福利，并不是人人生而有之。支教对体能、成绩、性格、口才都有要求。朋友的女儿知道自己被选中后乐得一跳三尺高。但无数问题涌到朋友的嘴边，她问女儿："你们去多少人？你懂什么，能做什么？有水吗？有电吗？有 Wi-Fi 吗？"女儿终于忍不住大声叫停，她挺直腰板，像公司里新来的实习生一样，有板有眼地告诉妈妈："一切都已准备妥当。当地的学生，从来没机会看到现场版的英文戏剧。他们不会嫌我差，我也不用面对挑剔的观众，我们彼此都在给对方机会。"

我的朋友被说服了。万里疆土，女儿会看到什么、领悟什么，又会播种什么、留下什么，都不是她能干预的。当地图上的名词变成现实场景，当图片上的落日发生在眼前，她相信，女儿对"中国"的理解一定很不一样。

今年以来，我听到许多这样在路上探索、学习的故事。有人带着孩子进行古都之旅，将第一站定在了洛阳，两千年前东周就在那里建都。他们将终点定在北京，在陈子昂说的"前不见古人，后不见来者"之处。另一队我认识的年轻人在延河之旁驻下来。他们中，年纪最大的在读研，年纪最小的不过是初中生。

这些事情让我想到，爱是什么呢？是想了解，想触及，想拥你入怀。

爱人如此，爱国亦然。你怎能在这片土地上生长，却不知道每一寸土壤之名？若你不曾用自己的双足探索它，你怎么能发自内心地说："我爱这美丽的大国。"

（摘自《读者》2020 年第 6 期）

# 时光已老，我们不散

李末末

六十年相濡以沫，从苦难岁月中相携走来，从风华正茂到白发苍苍，站在身边的，永远是彼此。

## 我载着你，你载着风

潘际銮是中国焊接专业的泰斗，中国科学院院士；李世豫是北大教授，化学专业著名专家。让他们爆红的是一张照片。

照片中的潘际銮，稳健地骑着电动自行车，脸上挂满灿烂的笑容；坐在后座的夫人李世豫轻轻搂着前面老伴的腰，苍苍白发随风扬起，眉眼含笑，虽已耄耋，浑身却有着少女般的活泼……

如今，因为担心夫人摔着，潘际銮院士不再骑车载她了，而是改为手牵手，去菜场、去学校、去访学……时时刻刻不分离。潘际銮是南昌大学的老校长，南昌大学有一条"际銮路"，老两口回南昌大学故地重游，牵手走在这条路上，也被学生拍到了。

年轻时骑车，我载着你，你载着风；如今，白发满头压马路，你左手，我右手。人世间的爱情，还有什么比这更美好的？

## 看准了，认定了

在大众眼中，潘际銮似乎一直籍籍无名，哪怕如今他的科研成果的价值早已高达千亿。夫人李世豫解释说，一是因为国家的很多科研项目具有保密性质，不能以论文形式发表；二是作为经历过苦难的一代，潘际銮品尝过家国将亡的滋味，"就想单纯地干点活，为国家挣一点算一点"。潘际銮身上有着老一辈知识分子的纯粹与倔强，而夫人李世豫就是认准了他这一点。

潘际銮23岁本科毕业后留在清华任教，当时李世豫19岁，来京考学。潘际銮的室友是李世豫的老乡，两人就这么相识了。彼此惺惺相惜，成了恋人。但没过多久，潘际銮就主动申请赴哈工大深造。"哈尔滨天寒地冻，生活条件也差，年轻老师们都不愿意去，他二话没说就举了手，都没和我商量。"尽管如此，李世豫还是默默支持了潘际銮的决定，只是有一事让她啼笑皆非，尴尬了很久。

那时，国内的焊接专业刚起步，人们对焊接的了解等同于零。所以，当得知李世豫的男友在搞焊接时，身边的人都笑了："李世豫，你男朋友是搞焊接的，他是焊洋铁壶还是焊自行车？"被问得多了，李世豫就写信问："学焊接到底能做什么？"

这封信后来被潘际銮当作钻石婚纪念相册的扉页。每次翻及,潘际銮都会大笑,而李世豫则会腼腆地低头:"他十多岁就在炮火声中四处逃难,后来流亡到昆明,进了西南联大。他知道强国必须强工业,自此就把自己同国家的命运焊接在了一起。"

## 你主外,我便主内

潘际銮和李世豫异地相恋五年后才结婚,而今已相濡以沫六十年。后辈羡慕,向他们取经,潘际銮只一句:"从相爱到结婚成家、生儿育女,我们始终保持着传统的生活方式。夫人主家,我主外事。我管钱,她管物。若问家里东西放哪儿,我不知;若问钱有多少,她不知。"

对潘际銮总结的这套婚姻秘籍,夫人总是含笑默认。最明显的例证是,年近九旬的潘际銮几乎是"生活白痴"。一次接受媒体采访,夫人说潘际銮"家务完全不会"后,潘际銮心下有些不服,晚饭前便执意要做份番茄蛋汤,但到了调味时,连盐和味精都分不清楚,无奈只好向夫人求助。过后,潘际銮不得不服气地自嘲:"说焊接我什么都懂,说生活我一窍不通。"

有后生小辈为李世豫惋惜:"潘际銮硕果累累、声名显赫,您却从年轻时起就一直默默坚守在北大教书。为家庭奉献那么多,不觉得委屈吗?"李世豫总是轻言细语道:"委屈什么?不委屈呀。他忙他的事,我忙我的教学,带好孩子,很好的……"

结婚后,潘际銮从哈工大毕业回到清华,带着团队没日没夜地搞科研,经常几个月不回家。家里没了顶梁柱,李世豫就一个人撑起了一个家。她一边在北大教书,一边照顾体弱多病的公公,还要含辛茹苦地抚养三个孩子。"家里最艰苦的时候是何时我都不知道，她生三个孩子时我都不在她身边，甚至都记不起三个孩子是哪天生的……"

从年轻到耄耋，潘际銮一心扑在焊接事业上，鲜有心力照顾妻儿老小，"年轻时甚至都没有一丝愧疚"，但唯独对夫人独自生育三个孩子这事难以释怀，年纪渐长之后更是不由自主地频频提起。夫人总是体贴地安慰："你那时忙焊接，一心做事，再说，你在我身边也帮不上忙。没事，我自己可以的。我生孩子前都看过书，心里清楚，不怕……"

## 你在，我便有支持

年轻时，潘际銮常年在外奔波，夫人和他的交流方式是"每个礼拜必须有一封信，我给他一封信，他给我一封信"，这封信，能寄出，便寄出；寄不出，便写下来，夹进日记本里。潘际銮带领团队攻克国内首个核反应堆结构焊接这一高难课题时，与世隔绝的那段日子，他们就是靠这每周一封的信件支撑。

年过六旬，潘际銮应桑梓之邀，担任新成立的南昌大学首任校长。当时的江西还是个"三无省份"——无重点高校、无学部委员、无博士点，从填补这几个空白的意义上说，潘际銮是回家乡"救火"的。为了支持潘际銮，夫人提前办理了退休，举家南迁，陪同潘际銮效力家乡。

再后来，潘际銮退休了，退休后重新开始招博士生，重新组建自己的团队，把他昔日的老部下召集到一起，一群八九十岁的人带着一群年轻人，在清华大学机械工程系的焊接馆里发光发热。

潘际銮分给夫人李世豫的时间很少，夫人说："他忙得很，你看他现在都快90岁了，还天天上班。"话语间没有一丝责备，有的只是欢喜与骄傲。

其实李世豫一直为潘际銮的成就骄傲。2008年年初，潘际銮完成了全国第一条高铁京津城际铁路的焊接工程，高铁验收时，潘际銮特意请夫人去体验。回来后，夫人的脸上神采飞扬："验收的时候坐到高铁司机旁边，我心里高兴极了。高铁的速度真快，我们从来没坐过那么快的火车。"

谈起一辈子的过往，李世豫说："他既然是一面红旗，我就不能拖他后腿。他只能往前走，不能后退。"而潘际銮则背着夫人，悄悄地说出了人生余愿："我希望她长长久久的，她在，我就有支持。"

如果陪伴是最长情的告白，那最浪漫的事不过是：死生契阔，与子成说；执子之手，与子偕老。

（摘自《读者》2017年第6期）

# 致 谢

2022 年 10 月 16 日，举世瞩目的中国共产党第二十次全国代表大会在北京召开，大会为我们今后的前进指明了方向、擘画了蓝图。党的二十大报告第八部分"推进文化自信自强 铸就社会主义文化新辉煌"为今后的文化工作提出了更高要求。在深入学习领会党的二十大精神的基础上，甘肃人民出版社按照党的二十大报告"实施全民道德提升工程，弘扬中华传统美德"的要求，策划了以"中华传统美德"为主题的新一辑"读者丛书"。丛书共 10 册，分别以"仁爱孝悌""谦和好礼""诚信知报""精忠报国""克己奉公""修己慎独""见利思义""勤俭廉政""笃实宽厚""勇毅力行"为主题，从历年《读者》杂志、各类图书及其他媒体上精选了 600 多篇美文汇编而成，我们希望通过一篇篇引人深思的文章或一个个感人至深的故事，让广大读者进一步加深对中华传统美德的认

识，让这一美德在中华大地上能够得到更加广泛的传承和弘扬。

　　与往年一样，《读者丛书·中华传统美德读本》的策划、编辑、出版得到了中共甘肃省委宣传部、甘肃省新闻出版局以及读者出版集团、读者杂志社等各方的指导和帮助，在此深表谢意！丛书的编选也得到了绝大多数作者的理解和支持，他们对作品的授权选编和对丛书的一致认可解除了我们的后顾之忧，对此我们表示诚挚的谢意！虽然我们尽力想把工作做得更细致、更扎实，但因为种种原因依然未能联系到部分作者，对此我们深表歉意，也请这些作者见到图书后与我们联系。我们的联系方式是：甘肃人民出版社（甘肃省兰州市曹家巷 1 号，730030，联系人：李青立，电话：13919122357）。

读者丛书编辑组

2023 年 10 月